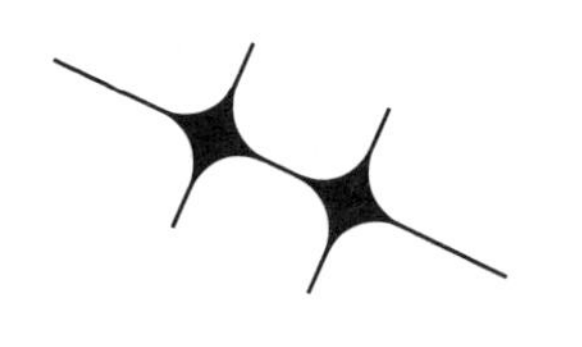

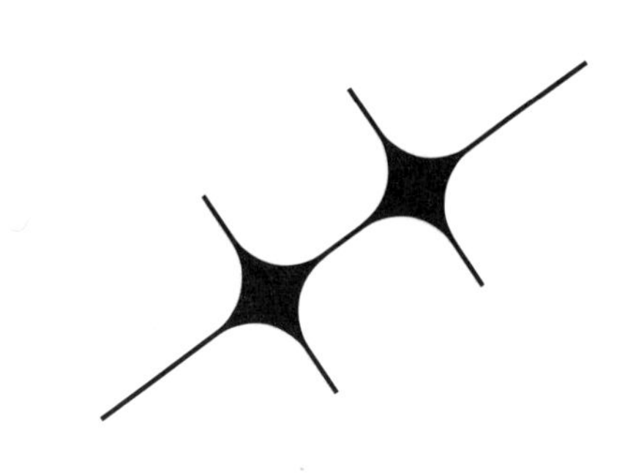

SF 보다

Vol.3 빛

초판 1쇄 발행 2024년 6월 24일

지은이 단요 서이제 이희영 서윤빈 장강명 위래
기획 문지혁 심완선
펴낸이 이광호
주간 이근혜
편집 김필균 이주이 허단 윤소진 유하은
마케팅 이가은 최지애 허황 남미리 맹정현
제작 강병석
펴낸곳 ㈜문학과지성사
등록번호 제1993-000098호
주소 04034 서울 마포구 잔다리로7길 18
전화 02-338-7224
팩스 02-323-4180(편집) / 02-338-7221(영업)
대표메일 moonji@moonji.com
저작권 문의 copyright@moonji.com
홈페이지 www.moonji.com

ISBN 978-89-320-4291-6 03810

Vol.3 빛

SF 보다

단요

서이제

이희영

서윤빈

장강명

위래

차례

하이퍼-링크hyper-link

아직 도착하지 않은 빛을 위한 기도

문지혁(소설가)

intro

빛에 관한 가장 유명한 이야기는 아마도 『성서』에서 찾아볼 수 있을 것이다. 「창세기」 1장 3절, 단 하나의 문장으로 천지를 창조한 신은 말한다. "빛이 있으라!" 그러자 빛이 나타났다. 영국의 시인 알렉산더 포프는 이 이야기를 다른 방식으로 인용한다. 그는 당대의 많은 이를 위해 비문epitaph을 지어 바치곤 했는데, 빛을 프리즘에 통과시켜 일곱 색으로 이뤄진 가시스펙트럼을 최초로 규명한 아이작 뉴턴이 세상을 떠난 뒤에는 이런 비문을 썼다:

자연과 자연의 법칙이 어둠 속에 숨겨져 있었다.
그때 신이 말했다. "뉴턴이 있으라!"
그러자 모든 것이 빛이 되었다.

link #01: 공간의 빛

신은 빛을 창조했지만, 빛은 세계를 창조한다. 빛은 우리를 보게 하고, 우리가 볼 수 있는 한 세계는 존재한다. 말하자면 우리의 우주는 빛이 어둠을 밀어내는 만큼만 확장된다.

우주 공간 속에서 벌어지는 수많은 이야기, 인간과 로봇과 안드로이드와 우주선과 외계 생명체의 서사는 모두 이 빛

위에 근거한다. 빛은 무한에 가까운 공간을 만들어내고, 별들은 빛나며, 우주선은 '광속'으로 이동하고, 우주선의 내부는 빛을 내는 기계와 버튼으로 가득하다. 여기서 SF는 종종 사이언스 픽션Science Fiction이었다가 스페이스 판타지Space Fantasy로 옷을 갈아입는다. 빛은 단순한 물리적 공간뿐 아니라 우리의 내면적 공간 역시 확장하고, 이를 통해 우리의 상상력 역시 '빛난다'.

가장 대표적인 스페이스 판타지이자 오페라인 〈스타워즈〉와 〈스타트렉〉 시리즈에서 빛은 번쩍거리는 칼(라이트 세이버)이거나 순간 이동장치("Beam me up!")가 된다. 크로아티아 태생의 SF 평론가 다르코 수빈은 이러한 "우주복을 입은 영웅-공주-괴물의 삼각 구도를 지닌 '스페이스 오페라'류"의 서사들이 "동화로 퇴보하는 [……] 창조적 자살"*을 범하고 있다고 비판하지만, 우리가 이러한 빛 속에서 발견하는 것들은 단순한 퇴행이나 답습이 아닌 확장된 세계와 새로운 존재의 가능성이다. 예컨대 네온사인 불빛 가득한 「블레이드 러너」(1982)에서 죽어가는 리플리컨트 로이 배티가 마지막으로 '보았다'고 고백하는 것이 인간들은 결코 보지 못한 저 머나먼 '탄호이저 게이트 근처의 어둠 속에서 반짝이는 C-빔'이었다는 것, 그리고 스타니스와프 렘의 「솔라리스」(1961)에서 존재론적 질문과 인식이 일어나는 행성의 이름

* 다르코 수빈, 「낯설게 하기와 인지(Estragement and Cognition)」, 문지혁·복도훈 옮김, 『자음과모음』 2015년 겨울호, p. 316.

이 솔라리스, 즉 '태양의of the sun'라는 것은 결코 우연이 아니다.

link #02: 시간의 빛

빛이 만들어낸 3차원의 공간에서는 필연적으로 시간이 흐른다. 시간은 여전히 우리에게 완전히 풀리지 않은 미스터리지만, 이제 우리는 시간과 공간이 분리될 수 없는 시공간space-time이며, 빛을 통해 우리가 보는 어떤 것들이 때로는 우리와 같은 시간을 공유하지 않는다는 것을 안다. 시간은 모두에게 동일하게 흐르지 않는다. 우리의 '지금'은 우주 저편의 '지금'과 같지 않다.

크리스토퍼 놀란의 「인터스텔라」(2014)에서 복잡하고 세련된 방식으로 변주(웜홀과 "STAY")된 이 주제를, 1966년 발표된 밥 쇼의 단편 「Light of Other Days」에서는 다소 투박하지만 직접적인 방식으로 선행한다. 스코틀랜드를 여행하던 한 부부가 '슬로 글라스slow glass' 파는 곳을 발견한다. 이 특별한 유리는 빛이 통과하는 데 오랜 시간, 심지어 몇 년도 걸리는 물건으로, 말하자면 이것을 통해 과거의 장면을 볼 수 있다. 그림 같은 풍경 앞에 놓여 있는 '슬로 글라스'를 구입하면 나중에 집이나 직장에 가져가 오래도록 그 광경을 즐길 수 있는 것이다. 부부는 '슬로 글라스' 앞에 앉아 오래된 집과 평화로운 호수를 바라보는 남자를 만난다. 유리 안에는 남자의 아내와 아이가 보인다. 사이가 좋지 않던 부부 사이를 염려한 남편은 이 유리를 사서 아내와의 관계를 회복하길 원하고, 남자와 흥정을 거쳐 끝내 그 유리를 산다. 그들이 유리를 구입하고 떠나려 하자 남자는 실은 6년 전 아내와 아이가 교통사고로 죽었다는 사실을 고통스럽게 고백한다. 다시 길을 떠나다가 돌아본 남자는 여전히 집 쪽을 바라보며 앉아 있다. 묘하게도 부부는 자신들의 관계가 어딘지 모르게 회복되었다고 느낀다.

거칠게 요약하자면, 다른 날들의 빛이 우리를 비출 때 우리는 다른 존재가 된다. 비록 같은 지구 위에서라도 당신과 나의 시간은 다르게 흐르고, 우리 사이엔 저마다의 슬로 글라스가 존재하므로.

link #03: 기억의 빛

빛이 공간과 시간을 이을 때, 다시 말해 시공간이 될 때 빛은 제3의 목적지에 도착한다. 특정한 시간이 특정한 공간과 만나 솟아오르는 시공간의 흔적, 바로 기억이다. 뉴턴의 죽음에 비문을 바쳤던 알렉산더 포프는 「엘로이즈가 아벨라르에게」라는 시에서 이런 구절을 썼다:

허물 없는 수녀의 삶은 얼마나 행복한가!

세상을 잊고, 세상으로부터 잊히니.

흠 없는 마음의 영원한 햇살!

모든 기도는 받아들여지고, 모든 바람은 거둬지니.

(번역은 필자)

중세 시대 서로 사랑해서는 안 됐던 두 사람, 중년의 철학자 아벨라르와 십대 소녀 엘로이즈의 파국적인 사랑 이야기는 이후 수많은 사람에게 영감을 주었고, 그중 하나였던 포프의 시구에서 다시 현대적 힌트를 받은 작품이 영화「이터널 선샤인(원제: Eternal Sunshine of the Spotless Mind)」(2004)이다. 조엘과 클레멘타인의 이상한 사랑을 다루는 이 SF 로맨스는 우리에게 기억과 존재, 그리고 사랑 사이의 관계를 묻는다. 기억이 지워져도 우리는 똑같은 사람을 만나 똑같이 사랑할 수 있을까? 생각해보면 우리의 모든 기억은 시공간에 새겨진 일종의 얼룩spot이고, 따라서 누구도 흠 없는 마음spotless mind을 가질 수는 없다. 다만 거기에 영원한(영원은 시간 '밖에' 있다는 뜻이다) 빛이 쏟아질 때, 그 얼룩은 하나의 스포트라이트spotlight가 된다. 영화에 따르면, 얼룩덜룩한 우리의 내면은 오직 사랑이라는 빛으로만 구원받을 수 있다. 따라서 주인공들이 끝없이 과거를 회상하는 일은 자연스럽다. 그들뿐 아니라 우리 모두가 기억하기 위해서는 플래시백flash back, 즉 섬광 같은 빛을 필요로 하기 때문이다.

outro

이제는 하나의 상식이 되었지만, 태양계에서 가장 가까운 외계 행성인 '켄타우루스자리 프록시마 b'는 지구로부터 약 4.24광년 떨어져 있고 그로 인해 우리가 관측하는 프록시마 b의 모습은 4.24광년 전의 것이다. 빛이 만들어낸 공간 속에서, 빛의 거리만큼 떨어진 지구와 프록시마 b는 서로 지금이 아닌 과거의 모습만을 보고 있다는 뜻이다. 마치 서로의 영원한 기억 속에만 존재하는 옛 연인처럼.

미세먼지로 뒤덮인 밤하늘을 올려다보며 생각한다. 그렇다면 이야기를 쓴다는 것은 우리에게 아직 도착하지 않은 빛을 향해 손을 뻗는 일이 아닐까. 우리가 볼 수 있는 모든 빛과 우리가 볼 수 없는 모든 빛, 글자와 글자 사이로 발신하고 수신하는 크고 작은 빛들을 조심스레 채집하는 일. 서로 다른 질량과 중력을 지닌 너와 나 사이에 가느다란 빛의 통로를 만들어두는 일. 우리의 기억을 비추어 죽은 얼룩을 빛나는 눈동자로 바꿔줄 영원한 햇살을 발견하는 일.

이제 창문을 열고 기다린다. 당신의 이야기가 담겨 있을 그 눈부신 빛을.

어떤 구원도 충분하지 않다

단요

토요일 오후 3시였다. 나는 늦잠에서 막 깨어나 다음 행동을 고민하고 있었다. 마음 같아서는 조금 더 자고 싶었지만 그랬다가는 수면 패턴이 어그러질 테고, 일요일 저녁에는 수면제 신세를 져야 할 게 뻔했다. 그러나 커피를 내리기 위해서는 우선 침대에서 일어나야만 했다. 다행히도 친구에게서 전화가 걸려온 덕분에 나는 마음 편히 주방으로 향할 수 있었다.

"빛이란 뭘까?" 친구가 대뜸 물었다.

"플라스마지." 나는 무심코 대답했다.

"아니, 시작부터 틀릴 줄은 몰랐는데. 이건 상식이야. 공통 교육과정에서 배우는 거라고."

친구는 종교역사학 연구자였다. 반면 나는 세 개 도시에 걸친 송전망을 관리하는 기술직 사무관이었다. 질문을 던질 사람과 대답할 사람이 뒤바뀐 셈이었다. 나는 퍼뜩 정신을 차리고 정정했다.

"헷갈렸어. 일상적인 용법에 따르면, 가시광선 영역의 전자기파야. 물리학적으로는 전자기파 그 자체고."

"다행인 줄 알아. 이번에도 틀린 답이 나왔으면 항의 민원을 넣으려 했거든. 물리학의 기초도 모르는 사람한테 송전 업무를 맡기면 안 되니까."

"아, 그런 민원쯤이야 아무것도 아니지. 요새는 하루에 열한 시간씩 일하는 중이야. 그딴 이유로 팀원을 내보내면 남은 인간들은 열세 시간씩 일해야 할걸."

"플라스마라고 대답한 건 과로 때문인가?"

"그렇다고 치자."

"내 생각에는 마저 자는 편이 나을 것 같은데. 주말이잖아. 과로에 시달리는 사무관을 붙잡고 떠들려니 미안해진단 말이지."

"먼저 전화를 걸어놓고 딴소리야. 하려던 이야기나 해봐."

"마지막 남극 빙하가 녹아내리면서 냉동된 원시인이 발견됐다는 이야기 기억할 거야. 거의 완벽하게 보존된 덕분에 각종 연구자들이 한 발 걸쳐보려고 안달 난 상태고. 소위 간학문적 연구라는 거지."

"마지막 빙하까지 녹았다고? 그러면 남극엔 이제 얼음이 없는 건가?"

예의상 묻긴 했지만 딱히 놀란 것은 아니었다. 세계대전(몇 번째지?)에 활용된 대기공학 기술의 여파로 남극과 북극의 빙하가 녹기 시작했다는 이야기는 내가 태어나기도 전에 시작됐기 때문이다. 그리고 전쟁이 일어나기 전에는 다른 이유로 녹고 있었다. 일어날 일이 일어난 것이다.

"물리학 상식만 없는 줄 알았더니 시사 상식은 더 처참하군. 작년 뉴스야. 혹시 몰라 덧붙이자면, 새로 형성된 극점을 남극으로 재명명하자는 논의는 30년 전부터 진행되고 있어. 원래 자리에서 3,800킬로미터 떨어진 곳에 얼음이 생긴 것과는 별개로, 남서점이나 동북점 같은 이름은 아무래도 이상하니까 말이야. 그렇다고 해서 똑같은 명칭으로 부르기에는 구분할 필요가 있고……"

때마침 주전자의 물이 끓었다. 나는 의식을 치르듯 경건한 태도로 커피 가루가 담긴 도자기 잔에 물을 부었다. 물줄기가 쿨럭거리는 소리를 내며 한껏 달궈진 주둥이를 통과했다. 곧이어 헤이즐넛과 캐러멜이 절묘하게 섞인 향이 주방 전체에 퍼졌다. 시중에서 구할 수 있는 것 중에서는 최상급품이다. 비록 진짜가 아닐지라도.

현대의 커피 가루는 모두 순수한 공장제 화학물질이다. 원두는 전혀 함유되지 않은, 식물성 지방과 합성 착향료와 자당과 카페인의 결합체. 생산공정이야 어떻든 간에 그럭저럭 괜찮은 맛이 난다. 어쩌면 이것이야말로 최고의 커피일 수도 있고. 실험 과정에서 '진짜 커피'를 먹어본 연구원들의 의견에 따르면, 대부분의 식품은 자연과 멀어질수록 맛이 좋아진다고들 했다. 그렇다면 불만을 품을 이유도 없는 셈이다—비관과 낙관, 그리고 체념이 절묘하게 뒤섞여 일상적인 태도로 자리 잡은 시대였다.

20세기 중반부터 21세기까지의 사람들은 전 지구적인 전쟁의 공포 속에 살았다지만 그들은 너무 호들갑을 떨었다. 22세기가 되자마자 전 지구적인 전쟁이라는 현실이 닥쳐왔기 때문이다. 객관적인 경과만 보면 그 전쟁은 20세기 초중반에 일어났던 것보다 훨씬 나빴다. 하지만 막상 그 상황이 닥쳐오자 인류는 기다렸다는 듯 소비주의와 방탕의 늪에서 빠져나왔다. 그리고 모든 종류의 죽음과 파괴에 박수갈채를 보내기 시작했다. 풍요로운 시장에서는 결코 찾을 수 없었던 단 하나의 상품, 진정한 종말이라는 상품에 목마른 듯했다.

전쟁을 향한 종말론적인 열정이 인류를 되살렸다는 사실은 그야말로 역설적이었다. 사람들은 인공지능 기술이 선물한 환상을 거부하며 직접 서로를 죽이기 시작했다. 그리고 그만큼 낳았다. 전 지구적으로 0.3 이하로 떨어졌던 출생률이 급반등했다. 평소라면 논문 심사 과정에서 혹평을 받았을 아이디어들이 전폭적인 지지와 함께 현현했다.

가속주의 코뮌이 있었고, 인공지능이 종신 총리 역할을 맡은 통제 사회가 있었고, 변덕스러운 기후를 안정시키고자 바다에 철 가루를 쏟아붓는 과학자들이 있었고, 대기 순환 패턴을 조작함으로써 상대국의 영토를 사막으로 바꾸어놓는 전략무기가 있었다. 물론 전략무기가 효과를 발휘하기까지는 15년 이상의 시간이 걸렸거니와 상대국도 가만히 있진 않았기 때문에, 보통은 현실의 소모전이 대기공학적 소모전으로 옮겨 가는 효과밖에는 나지 않았다.

이런 일이 계속되다 보면 분노한 군중이 데이터 센터에 불을 지르고 과학자들을 처형대에 올리기 마련이었다. 잊혔거나 금지된 지식의 목록이 연일 늘어났고, 그러다가도 갑자기 훅 줄어들었다. 그리고 최종적으로는 아무 일도 없게 되었다. 거의 8백 년간 똑같은 일이 반복된 탓에 모두가 심드렁해진 것이다. 비유하자면, 크리스마스 선물 상자만 보아도 가슴이 뛰던 아이가 휴일을 반기면서도 엄청난 놀라움을 기대하진 않는 어른으로 자라난 것과 비슷했다.

31세기의 인류는 17세기부터 22세기까지의 시간을 목적 없이 되풀이하고 있었다. 세계는 음침하고 평화로웠으며, 미래를 상상하긴 어려울지라도 절망할 이유 또한 마땅치 않았다. 남극의 얼음이 모두 녹아도 어딘가에는 새로운 남극이 생긴다. 생기지 않더라도 괜찮다. 어떻게든 될 것이다. 인류는 지금까지 그렇게 해왔다. 남극의 얼음에 갇혀 있던 원시인은 이해조차 못 할 사실이겠지만……

"어쨌거나 남극이 녹았더니 원시인이 튀어나왔다 이거지? 그 원시인한테서 좀비 바이러스라도 발견됐나?"

"좀비라니, 영화를 너무 많이 본 거 아니야? 그런 건 생물학적으로 불가능해."

"아니, 평범한 원시인 뼈야 박물관에서도 볼 수 있는 거잖아. 살점까지 잘 냉동됐다는 거 외에 특이한 부분이 있느냐 말이야."

"특이한 부분이 있으니까 전화를 걸었겠지. 이걸 어디서부터 설명해야 할까…… 원래는 의과학과 생명공학 분야에서 주로 논의가 진행됐는데, 이제는 종교역사학으로 바통이 넘어왔어. 역사의 문제가 된 거지. 그것도 제1고대야."

*

대화의 초점이 시간을 훌쩍 거슬러 올랐다. 친구는 콧노래를 흥얼거리듯 3천여 년 전의 이야기를 떠들기 시작했다. 역사학적으로는 제1고대로 분류되는 시기로, 17세기부터 22세기까지 지속된(그리고 각종 현대전의 기틀을 마련한) 제2고대에 비하면 턱없이 사료가 부족했다. 하지만 훨씬 낭만적이었다. 당대 사람들은 전력 발전소와 기계장치 없이도 완벽하게 작동하는 세계를 만들어냈다. 그들은 전기와 석유의 잠재력을 알았지만 감히 손대지 않았고, 과학과 신비술 사이에는 아무런 칸막이가 없었으며, 비바람과 태양은 물리적 실체이기 이전에 신의 의지로서 존중받았다.

"이제부터 내가 고대라고 말하면 모두 제1고대를 일컫는 거야. 고대 그리스란 정장 입은 총리가 다스리던 나라가 아니라 토가를 입고 다니는 시민들로 가득 찬 도시국가를 말하는 거지. 하여간 고대 그리스·로마의 헤르메스주의자들은 그리스신화의 헤르메스와 이집트신화의 토트를 동일한 신격으로 간주하고 숭배했어. 둘 다 삶과 죽음의 경계를, 지혜와 발명을 관장하는 신이었지.

즉, 헤르메스주의자들의 숭배 대상은 세계에 대한 지혜 그 자체였다고 볼 수 있어. 인격화된 지혜라고나 할까. 신성한 정신, 다시 말해 포이만드레스Ποιμάνδρης 개념이 이런 견해를 뒷받침해. 헤르메스주의자들은 포이만드레스의 유입을 통해 세계의 본질을 감각할 수 있다고 생각했지. 주목할 만한 부분은, 깨우침의 과정을 설명하는 헤르메스주의 문건들이 '신성한 빛'을 반복적으로 언급한다는 거야. 『코르푸스 헤르메

티쿰Corpus Hermeticum』의 한 대목을 요약하자면 이래. '*태양빛으로 인해 태양을 지각하듯이, 신성한 빛에 의해 사물의 질서를 묵상한다.*' 이 서술을 비유가 아니라 문자 그대로 이해한다면, 신성한 빛은 가시광선과 확연히 구분되는 유형의 전자기파인 셈이지. 만약 그걸 전자기파의 일종으로 이해할 수 있다면 말이야.

이제부터가 본론이야. 얼음에 갇혀 있던 원시인의 유전자형을 복원시킨 다음 시험 삼아 각 신체 기관을 배양했더니 놀라운 결과가 나왔지 뭔가. 이 원시인의 감광성 신경절 세포는 가시광선이 아니라 장파장 적외선에 반응해—참, 물체의 온도가 높을수록 장파장 적외선의 방출량이 증가한다는 사실은 너도 잘 알 거야. 열화상 카메라의 원리와 똑같은 현상이 원시인의 눈에서 일어나는 셈이지. 태양빛을 보지 못하는 대신 온도를 시각 정보로 바꾸는 능력을 얻은 거라고.

헤르메스주의 전통을 이어받은 마술사들의 기록도 이와 일치해. 예컨대 15세기의 사제이자 신비학자인 피치노는 세계의 구성 요소를 정신, 물질, 영혼으로 나누고 있어—정신과 물질은 설명할 필요가 없겠지. 그렇다면 영혼이란 뭘까? 피치노의 설명을 빌리자면 만물에 생명을 주는 것, 만물이 운동하는 원인이 되는 것, 발생과 관련된 것이지. 이 묘사는 분명히 열의 작용을 염두에 두고 있어. 살아 있는 생물은 열을 발하고, 운동하는 것도 열을 발하며, 화학적 변화 역시 열 작용을 수반하니까.

아니, 이런 역학이 직접적으로 언급된 부분을 읽어주는 편이 낫겠군. 『삶에 관한 세 권의 책*De vita libri tres*』에는 이렇게 씌어져 있어. "……*이것이 바로 영혼spirit인데, 이는 심장의 열에 의해 혈액으로부터 형성된 증기로서 순수하고 미묘하며 뜨겁고 빛나는 것이다. 영혼은 뇌로 날아가고, 거기서 정신은 부지런히 이 영혼을 사용하여 내적 감각과 외적 감각을 모두 행사한다.*" 걸어 다니는 열화상 카메라에게는 이 열이 내적 감각이자 외적 감각으로 인식됐을 거야. 피치노가 그 당사자였는지, 아니면 단지 그리스 신비학 문서들을 번역하는 과정에서 당사자의 설명을 참조하고 재해석했을 뿐인지는 논박의 여지가 있겠지만 말이야.

하여간 여기까지 설명했으니 결론으로 넘어가자고. 어쩌다가 남극 한복판까지 가서 얼어붙었는지는 모르겠지만, 이 원시인의 유전적 구성은 현생 인류와 아주 비슷해. 몇 가지 돌연변이를 제외하면 거의 동일하다고 말할 수 있을 정도야. 더 놀라운 부분은 그 돌연변이의 특정 패턴이 제1고대 시절의 근동 사람들 일부에게서 확인된다는 거지. 이집트에서부터 예루살렘, 시리아까지. 지금까지 기록된 유전자 패턴 표본으로는 0.2퍼센트 미만의 빈도야. 다 말라붙은 유골에서 추출한 DNA니만큼 오차가 있을 수도 있겠지만, 유사 패턴이라면 일치율이 굉장히 높아.

그러니까 어쩌면 3천 년 전의 지구에는 장파장 적외선을, 온도를 보는 인간이 여럿 있었을지도 몰라. 많지는 않아도 기록에 남을 만큼은 유의미한 수가. 예컨대 신성한 빛을 보고 영혼을 감각하던 몇몇 헤르메스주의자들, 사람을 흘깃 보고 아픈 곳을 알아내던 신의神醫들, 동물이 들어 있는 상자와 텅 빈 상자를 구분하던 투시 능력자들, 왕을 바로 곁에서 모시던 예언자와 마술사 들—또, 우리도 그렇게 될 수 있을지 모르지. 빛이 가시광선뿐만 아니라 장파장 적외선까지 포괄하는 용어로 자리매김하는 거야."

시계는 이제 3시 15분을 가리키고 있었다. 주중의 일은 모두 잊어버린 채 시답잖은 역사 교양 프로그램을 감상하기에 딱 알맞은 시간이었고, 과학적 발견과 고대의 신비학이 뒤섞인 이야기는 꽤나 흥미로웠다. 그러나 이 친구가 하필이면 내게 전화했다는 사실에는 석연찮은 구석이 있었다. 나는 감탄 섞인 휘파람을 뚝 끊고 다소 성급한 어조로 물었다.

"잠깐만, 그래서 핵심이 뭐야? 조만간 적외선을 보는 인간들이 현장에 투입될 테니까 일자리 잃을 준비나 하라는 거야?"

"아니, 그럴 리가. 그냥 입이 간지러워서 아무한테나 전화하는 중인데. 참고로 네가 첫번째 상대야. 관심이 없으면 두번째를 찾아보지."

"거의 전파 공해 수준이군. 내가 희생해줄 테니 계속 이야기해봐."

"좋아. 네가 난데없이 위기감을 느낀 것처럼, 장파장 적외선 감지는 나름대로 유용한 기능이야. 실제로 다양한 산업 현장에서 열화상 카메라나 열감지 망막 임플란트가 쓰이고 있지. 그리고 이 능력은 제1고대 이전의 선사시대에는 각별히 유용했을 거야. 원시 부족사회에서 햇빛이 없는 밤에도 사냥을 나설 수 있는 전사는 엄청난 인적 자원이었을 테니까. 물론 의학적 효용도 빼놓을 수 없겠지.

이쯤에서 다시 고대로 돌아가보자고. 이번에는 로마제국이야. 아테네의 호교론자였던 콰드라투스는 하드리아누스 황제에게 공개서한을 보내서 예수를 구주로 믿어야 할 이유를 강변했지. 주된 근거는 병을 고치거나 죽은 사람을 되살렸다는 등의 기적이었고. 참고로 이건 유세비우스의 『교회사 *Historia Ecclesiastica*』에 기록된 내용이야.

그런데 만약 어떤 사람이 걸어 다니는 열화상 카메라라고 가정해보자. 이 사람은 피부색을 분간하지 못하고 남자와 여자의 이목구비 차이도 거의 느끼지 못하지만, 신체의 심부 온도만큼은 귀신같이 알아보지. 기능이 저하된 장기를 눈으로 확인할 수 있는 거야. 눈앞에 누워 있는 게 진짜 시체인지, 가사 상태에 빠졌을 뿐인지도 분간할 수 있어. 그렇다면 한 사람을 생매장당할 운명에서 구해낼 수도 있겠지. 구경꾼한테는 그게 부활의 기적처럼 보일 테고.

또 다른 기적도 있어. 「마가복음」 2장에는 예수가 서기관들의 속내를 꿰뚫어 보고 일갈하는 대목이 있거든. 예수는 베드로가 배반하리라는 것마저도 미리 알아차렸고. 그런데 남의 마음을 들여다보는 초능력은 사실 얼굴 온도 변화와 관련이 있단 말이야. 거짓말을 할 때는 코끝 온도가 떨어지면서 이마 온도가 상승하는 것처럼, 모든 감정에는 각각의 온도가 있지. 내 말 이해해?"

"예수의 평등주의와 각종 기적이 열화상 카메라의 은사란 말이지? 이거 굉장히 급진적인 주장인데. 내가 알기로 세 명 중 한 명은 기독교인이야. 가톨릭이든 정교회든 기계교파든 회복주의자든 간에. 갈수록 늘어나고 있어. 그 인간들이 뭐라고 반응할지 궁금한걸."

통계에 따르면 전체 인구 중 기독교인 비율은 35퍼센트에 달했다. 의심스러운 수치긴 했다. 체감상으로는 훨씬 많다는 점에서 그랬다. 해방은 물론 파국조차 인간 스스로 결정할 수 없다는 회의감이 널리 퍼지면서 대중의 시선은 구원으로 향했다. 궁극적이고 초월적인 구원. 20세기의 해방신학자들이 힘을 잃고 히포의 아우구스티누스가 왕좌를 되찾은 셈이었다.

4세기 신학자인 아우구스티누스는 서고트족의 로마 약탈을 맞닥뜨리고 종말론을 가다듬었다. 현세가 이토록 고통스러움에도 불구하고 참고 기다려야 하는 이유를 역설했다. 세속적인 고통은 신의 시험대일 뿐이며 진정한 구원은 인간의 역사 바깥에 있으리라 믿었다. 오만한 21세기인들은 이 논변으로부터 은근한 피학증을 발견하고 이죽거렸지만, 지금 같은 시대에는 달콤하게만 들린다—인간에게서 종말과 구원의 책무를 빼앗아라, 하느님의 아들이 그 과업을 모두 해낼 테니.

신흥 교파들의 콘셉트는 무기력한 자기 인식과 환멸을 드러냈다. 기계교파가 대표적인 예시였다. 그들은 세 가지 공통점을 근거로 제2고대기의 인간들이 신의 권위를 넘보았다고 주장했다. 요컨대 인공지능과 천사는 오직 선량하도록 만들어지며, 육신이 없고, 스스로 의지를 지니고 행위하는 대신 창조주의 명령을 그대로 수행한다는 점에서 동일하다. 신의 본질은 수학적 질서이며 인공지능은 그의 천사다—그러나 인간의 창조 행위는 신에 대한 월권이었으므로, 인간은 천벌을 맞닥뜨리게 되었다. 바벨탑을 지으려 했던 사람들처럼.

기괴한 교리와 별개로, 기계교파는 유례없이 빠른 속도로 세를 불려나가고 있었다. 어쩌면 인간들은 고통으로부터의 탈출이 아니라 고통에 대한 해명을 바라는지도 몰랐다. 그것 하나만 충족되면 기약 없는 구원조차 기다릴 만한 것으로 변하니 말이다. 따라서 메시아가 감광성 신경절 세포에 돌연변이가 발생한 인간 남자라는 주장은, 나쁘다. 그건 현대인들을 납득시키는 대신 실망시킨다.

"대중 반응은 큰 문제가 아니야. 나는 어디까지나 종교역사학의 틀 안에서 떠드는 중이고, 이 가설은 다큐멘터리에는 결코 인용될 일이 없을 테니까. 올해 말쯤이나 되어야 비공개 학회지에 올라갈까 말까…… 보통 사람은 종교역사학 논문 따위는 안 읽어. 장담하지. 애당초 역사적 예수와 성경에 묘사된 예수가 일치하지 않는다는 연구는 제2고대가 아니라 제1고대 시절부터 쏟아져나오고 있었단 말이야. 그런 수준의 신성모독쯤은 켈소스랑 포르피리오스가 이미 다 해놓은 거야. 로마제국 사람들이지."

"정말이지 속 편한 소리나 하고 있군. 솔직히 말하자면 정부가 학자들한테 사무관만큼이나 많은 급여를 보장한다는 걸 믿을 수 없을 때가 있어. 지금이 바로 그때야. 내가 일을 멈추면 도시 전체에 블랙아웃이 올 수도 있는데 너는 사람들 기분을 망쳐놓을 헛소리를 지어내는 것 외에는 아무짝에도 쓸모가 없는 것 같거든."

"아니, 난 이걸 방송국 마이크 앞에서 떠들지 않는 것만으로도 소임을 다하고 있는 거야. 세상을 뒤집을 비밀을 누구보다 먼저 알아냄으로써 대중의 접근권을 차단하는 책무라고나 할까. 물론 입이 가려워지는 건 어쩔 수 없지. 대나무숲 역할에 고마움을 느끼도록 해."

"알았으니까 계속 떠들기나 하라구."

"좋아, 내가 켈소스 이야기를 했지. 2세기 철학자인데, 정말이지 엄청난 분량의 책을 써서 초기 기독교를 공격한 인간이야. 비록 원문은 오래전에 실전되었지만, 그 내용 자체는 오리게네스가 쓴 『켈소스 반박문*Contra Celsum*』을 통해 파악할 수 있어.

일단 켈소스는 예수의 기적이 실제로 일어났다는 사실을 인정했어. 아주 쉽게 인정했지. 그거야말로 켈소스가 개진한 비판의 핵심 중 하나이기 때문이야—당시 근동에는 이름난 마술사가 여럿 있었어. 도시를 돌아다니면서 기적을 일으키고 추종자를 거느렸지. 켈소스의 요지는, 그 마술사들과 예수를 어떻게 구분할 수 있겠느냐는 거야. 열화상 카메라 인간이 보여줄 만한 기적은 실제로도 비슷비슷했을 테니까."

멍하니 고개를 끄덕이다 보니 문득 반박할 거리가 떠올랐다. 이 친구가 갑작스레 종교역사학 강론을 늘어놓는 것은 결코 드문 일이 아니었다. 사실 이런 유의 전화는 아무리 드물어도 격주에 한 번씩, 잦으면 일주일에 두 번씩 걸려 왔기 때문에 나는 고대 근동의 종교에 대해 최소한의 지식을 갖춘 상태였다. 또한 공학도로서 적외선 시야를 갖춘 사람들이 겪을 불편도 어렵잖게 상상할 수 있었다.

"잠깐만, 열화상 카메라로는 종이에 인쇄된 글자를 읽을 수 없지. 특수 잉크를 쓰는 게 아니라면 종이는 똑같은 색으로만 보일 거야. 하지만 예수는 글을 읽을 줄 알았어. 이건 『성경』에도 기록된 내용이라고."

"「누가복음」 4장 16절 이야기군. '예수께서 그 자라나신 곳 나사렛에 이르사 안식일에 늘 하시던 대로 회당에 들어가사 성경을 읽으려고 서시매……' 그런데 여기에서 주목해야 할 부분은 16절이 아니라 22절과의 연관성이라고 봐. 회당 사람들은 예수가 경전을 읽고 연설하는 걸 보고 놀라워하면서 이렇게 외치지. 저 사람은 요셉의 아들이 아니냐, 하고.

역으로 생각하자면 서른 해 가까이 예수와 이웃이었던 고향 사람들에게는, 예수가 그런 행동을 했다는 것 자체가 놀랄 만한 일이었던 거야. 실제로도 예수는 유대인 가정에서 자란 것과 별개로 체계적인 교육 훈련과는 거리가 멀었고, 사도들 역시 경전을 제대로 아는 편이 아니었어. 평범한 사람들이었으니까. 포르피리오스가 지적한 것도 이 부분이야.

예컨대 「마태복음」 13장 35절은 '예언자'의 말을 인용하는데, 아주 오래된 몇몇 수사본에는 그 예언자가 이사야라고 명시되어 있어. 정황을 따져보면 고대인들이 원본을 손으로 직접 베껴 쓸 수 있던 시절, 포르피리오스가 살아 있던 시절에는 거기에 이사야라는 이름이 적혀 있었다고 보는 편이 옳을 거야. 그런데 문제는 그 말의 진짜 출처가 「이사야서」가 아닌 「시편」이라는 거지. 「이사야서」와 「시편」을 혼동하는 사도라니 이상하지 않나? 「사도행전」 전체에 걸쳐 이런 종류의 실수가 반복된다면 어때? 이들이 정말로 『성경』을 '읽었다'고 확신할 수 있을까?"

"잠깐, 지금 이야기가 샛길로 새는 것 같은데. 열화상 카메라 이야기로 돌아가자고."

"어쨌든 내가 하고 싶은 말은, 제1고대 시기의 기록물을 읽을 때는 적극적 독해와 행간에 대한 유추가 필요하다는 거야. 예컨대 수에토니우스의 『황제 열전*De vita Caesarum*』도 말이 역사서지 절반 이상이 소설이야. 종교 경전이라면 말할 것도 없겠지. 어떤 부분은 사실이겠지만 어떤 부분은 순전한 허구일 수 있어. 오류거나.

물론 네가 지금 지적한 부분은 굉장히 중요해. 글을 읽는 능력 말이야. 문명사회에서 글을 읽지 못하는 건 치명적인 결점이니까. 아니, 반드시 글일 필요도 없어. 작전 지도를 보지 못하는 병사는 장교가 될 수 없고, 아름다운 벽화를 보지 못한다면 인생의 낙이 사라지지. 옷이 더러워졌는지, 자기 얼굴에 뭐가 묻었는지도 볼 수 없으니 사회적으로도 나쁜 평가를 받기 십상일 거야.

식사는 어떨까? 색상과 음영이 아니라 온도만을 구분할 수 있다면…… 자연 상태에서 흔히 접할 만한 액체는 네 종류였어. 피, 썩은 물, 흙탕물, 깨끗한 물이지. 이 넷은 냄새로 충분히 구분됐을 거야. 그것만으로도 충분했을 테고. 하지만 그릇에 담긴 게 쐐기풀 수프인지, 닭고기 수프인지, 포도주인지, 맥주인지, 아니면 다른 음식인지를 일일이 냄새를 맡아가면서 구분하는 삶은 무척이나 스트레스가 심할걸.

그리고 이건 개수 파악과 돈 계산이 원천적으로 불가능하다는 의미기도 해. 거래 상대가 궤짝 가득 사과를 가져왔다고 상상해보라고. 우리는 그냥 궤짝을 엎기만 하면 싱싱한 사과와 썩어가는 사과를 한눈에 구분할 수 있어. 우리 같은 사람들을 상대로 사기를 시도하려면 좀더 정교한 속임수가 필요하다는 거지. 하지만 열화상 카메라로 보면 사과 더미는 거대한 파란색 덩어리일 뿐이야. 썩었는지 아닌지 확인하려면 직접 만져볼 수밖에 없고, 어음이나 계약서나 회계장부 따위는 직접 확인할 방법이 전무하지. 동업자에게 돈 관리와 물품 확인을 일임하더라도 배신당할 가능성은 여전해."

"그래도 고대에는 금화와 은화를 썼을 텐데. 알겠지만 둘다 적외선 반사율이 아주 높은 금속이야."

"글쎄, 나는 이 부류의 사람들이 금화 더미를 무척이나 눈부시게 느꼈을 거라고 생각하는데. 햇빛을 정면으로 반사하는 유리를 보면 반사적으로 눈이 감기듯이 말이야. 금화를 본다고 해서 자동으로 회계장부가 작성되는 것도 아니고. 물론 황동으로 만든 가짜 금괴를 진품과 구분하는 수준의 능력은 있었겠지만, 도금 처리 방식으로 위조했을 경우에는 물에 담가서 흘러넘친 물의 무게를 재어보는 것 외에 방법이 없어."

"제1고대 기준으로 말이지?"

"제1고대 기준으로."

친구는 내 말을 짧게 되풀이하고는 이어 말했다.

"선사시대에도 열화상 카메라 인간들은 나름대로의 곤경을 겪었을 거야. 물의 깊이를 분간하지 못하니 강을 건너다가 빠져 죽을 위험이 크다거나 하는…… 하지만 사냥에서만큼은 압도적인 강점을 보였기 때문에, 그중 몇 명은 살아남았어. 훌륭한 전사로 대우받았겠지. 그런데 이 강점은 문명이 발전할수록 빛을 잃어. 단점은 폭증하고."

"문명이 발전하면서 자연적으로 도태됐다는 소리군."

"고대 메소포타미아문명권의 쐐기문자가 점자와 유사한 방식으로 기록됐다는 점은 꽤나 의미심장하지. 그때까지만 해도 적외선 시야는 큰 문제가 아니었을 거야. 하지만 이 원시인이 종이 잉크 패널과 다차원 입체 영상이 보편화됐고 온 세계에 문자가 가득한 시대에 태어났다고 가정해보라고. 심지어 적외선 시야는 각종 기기로 대체된 상태야. 그 재능으로 도대체 뭘 할 수 있겠나? 물론 음성 안내를 받고 활동 보조 로봇과 함께한다면 일상생활이 가능하겠지만……"

나는 잠시 생각하다가 눈을 감았고, 왼손으로 도자기 잔의 겉면을 더듬었다. 커피가 남은 부분은 두껍고 따뜻했지만 위로 올라갈수록 얇아지고 서늘해졌다. 손끝으로 찻잔 안쪽 면을 천천히 훑어 내려가자 체온보다 살짝 더운 액체가 손톱을 적셨다. 나는 잔을 기울여서 무게중심을 옮기는 대신 손의 감각으로만 커피의 깊이를 파악하려 시도해보았다. 그러나 얼마 지나지 않아 그럴 필요가 없다는 사실을 깨달았다. 나는 눈을 떴다.

"하지만 그 주장에는 어폐가 있는 것 같은데. 네 설명대로라면 열화상 카메라 인간은 시각장애인 범주에 속해. 전맹全盲에 비하면 확실히 일상생활이 용이할 테고, 경우에 따라서는 저시력자들보다 나을 수도 있지. 그러니까 내 말은…… 제1고대 시절에도 시각장애인은 있었어. 사회의 일부로 받아들여졌고 직업을 가졌지. 문명사회에서 불리한 건 인정하겠지만, 열화상 카메라 인간만 자연도태를 겪었다고 보기엔 석연찮은 구석이 있단 말이야. 게다가 수천 년은 특정 형질이 유전자 풀에서 완전히 사라지기에 너무 짧은 시간인 것 같은데."

친구가 웃음을 터뜨렸다.

“좋아, 하나 못 박아두자면 난 자연도태라는 용어를 쓰지 않았어. 그건 네가 한 말이거든. 나는 사실 제도적 개입이라는 서술을 선호하는 편이야. 인위적이고 체계적인 말살이 이루어졌지. 자립적인 생활이 어려운 것과 별개로, 열화상 카메라는 적재적소에 존재하기만 한다면 역사를 뒤흔들 수 있어. 그러면서도 문명적인 시스템으로부터 자신을 지켜낼 힘은 처참한 수준이지. 무엇보다도 이 사람들은 눈길을 끈다고. 구분하기도, 잘라내기도 쉬운 악성 종양인 셈이지.

지금까지 한 이야기를 정리해보자.

시각장애인은 영적인 시야나 신비안 등의 관념과 연관되곤 했어. 하지만 모든 시각장애인이 그 자체로 마법적인 힘을 지닌다는 믿음은 없었지. 평범한 시각장애인과 신비안을 가진 사람들은 구분됐던 거야. 말인즉슨 고대인들은 ‘대개는 보지 못하는 빛’을 보는 족속이 존재한다는 걸 알았고, 이들이 ‘당연히 보아야 할 빛’을 보지 못한다는 것도 알았지.

하지만 19세기 이전에는 신비안의 정체를 결코 파악할 수 없었어. 적외선은 1800년대에 발견됐고, 가시광선이 전자기파의 일종이라는 건 1864년에야 증명됐으니까. 그때는 이미 모든 신비안 소유자들이, 걸어 다니는 열화상 카메라들이, 마술사들이 죽어 사라진 상태였어. 누가 죽였을까? 지배자와 그 백성들이지.

고대 로마의 종교는 각 민족 공동체의 문화이자 제국의 법률이었어. 속주의 신들은 다신교 체계 안에 포섭됨으로써 제국의 일부가 되었지만, 그러지 못한 신들은 단지 미신이나 마술로 전락했지. 마술 사용은 제국의 종교 체계를 거스른다는 점에서 일종의 반역죄로 간주됐어. 2세기의 아풀레이우스가 마술 사용으로 고발당했던 것처럼, 마술은 실제로 중죄였단 말이야.

즉, 로마제국은 초기 기독교를 핍박한 것 이상으로 모든 종류의 마술사들을 미워했어. 악행을 의미하는 라틴어 말레피쿠스maleficus가 마술사를 일컫는 용어로도 사용된다는 사실이 이 점을 방증하지. 많이들 죽었을 거야. 물론 일부는 유럽으로 도망쳤는데…… 참, 이런 정황을 뒷받침하는 분석 결과도 나와 있지만 그건 생략하도록 하지. 유전자가 어쩌니 저쩌니 읊어봤자 딱히 관심 없을 테니 말이야. 어쨌거나 '마술 금지' 기조는 로마제국이 기독교를 국교로 공인하고 일신교 신앙이 뚜렷해지면서 훨씬 강화돼.

이제 유럽 대륙 전역으로, 제1고대 후반기로 카메라를 옮겨보지. 15세기와 16세기는 제1고대와 제2고대 사이의 건널목이었어. 인류의 역사가 르네상스기에서 근대로 도약했다고 볼 수 있지. 현대적 의미에서의 과학이 마술로부터 분리되어 나온 거야. 한편 이때는 종교개혁이 이루어지고 다양한 개신교 교파들이 등장하면서 교황청의 신경이 잔뜩 곤두선 시기이기도 해. 트리엔트 공의회가 소집되고 종교재판이 격화됐지. 구교와 신교가 맞붙으면 당연히 마술사들에게도 불똥이 튈 테고.

이 미묘한 역학이 바로 핵심이야. 일부 마술사는 감광성 신경절 세포에 돌연변이가 발생한 인간이었지만, 대개는 뉴턴이나 로저 베이컨처럼 자연의 신비에 매혹된 보통 사람이었어. 후자는 이단 심문관의 의심을 피하기 위해 정령에 기반한 주술goeteia과 자연에 기반한 마술mageia을 엄격히 구분했지. 다이몬, 즉 정령의 힘을 빌린 게 아니라 자연의 숨은 힘을 발견한 것이라고 주장하는 거야. 물론 이 논변을 통해 살아남으려면 자신의 발견을 객관적으로 증명할 수 있어야 하고."

"걸어 다니는 열화상 카메라라면 승산이 없겠는데."

"그래. 마녀의 조수 같은 관념이 왜 생겼을까? 마녀들은 왜 어린아이들을 납치해서 심부름을 시켰을까? 마녀들이 숲속에서 살았던 이유는 뭘까?

이들은 문명사회에서는 항상 위화감과 이질감에 시달렸을 테고, 혼자서는 '연구'를 할 수도 없었어. 보조인의 도움이 반드시 필요했을 거야. 글을 대신 읽거나 쓰고, 실험과 약 제조에 필요한 재료들을 구분해주는 보조인. 하지만 이 보조인들이 이단 심문관 앞에서 충성을 지켰을 확률은 낮아. '저 마녀가 저를 납치해서 심부름을 시켰어요'라고 외치면서 사악한 마술들의 증거를 내밀면 보조인만큼은 살아남을 수 있으니까…… 그렇지?

결과적으로 고대의 마술사들은 한갓 주술사로 전락했고, 마녀로 몰려 죽었고, 마술사로서 살아남은 부류는 얼마 지나지 않아 간판을 갈아치웠어. 바로 과학이야. 이렇게 15세기랑 16세기를 통과하면 17세기가 튀어나온다고. 제2고대의 출발점이자 근대적 과학이 기틀을 갖춘 시기지."

나는 짧게 휘파람을 불었다.

"감광성 신경절 세포 돌연변이가 근동의 마술사들을 낳았고, 그중 하나로부터 시작된 종교가 마술을 완전히 죽인 후 과학만 남겨놨다 이거군. 제1고대와 제2고대의 구분선 뒤에는 사실 유전자 풀의 변화가 숨어 있고. 굉장히 역설적인데. 흥미롭기도 하고…… 신성모독적인 뉘앙스만 제외하면 말이야."

"좀더 신성모독적인 이야기도 해주지. 나는 이들의 흔적이 흡혈귀 전승의 형태로 남아 있다고 봐."

"흡혈귀라…… 아까 좀비 이야기를 꺼냈을 때는 영화를 너무 많이 봤다면서 면박을 주더니. 영화에 많이 나오는 건 흡혈귀도 마찬가지 아니야?"

"네 말대로 흡혈귀도 영화의 단골 소재지. 그게 가장 아이로니컬한 부분이야. 들어보라고."

"글쎄, 내 상식에 따르면 흡혈귀는 광견병 환자들인데."

"그런 추측이 우세하긴 하지. 결핵이나 광견병, 혹은 포피리아 등에 시달리는 환자들을 흡혈귀로 오인했다는…… 하지만 열화상 카메라 가설으로도 흡혈귀의 생태를 해명하기엔 충분해.

지금까지 설명한 감광성 신경절 세포는 망막에 존재하는

거야. 이 세포를 통해 들어온 자극은 망막 시상하부 경로를 통해 시교차 상핵으로 전달되지. 시교차 상핵은 가시광선 자극을 통해 체내 시계를 관리하고, 동시에 시상하부와 교감하면서 신체 작용 전반을 조절해. 운동과 식사와 수면 주기와 수분 섭취와 체온 조절이 모두 이 부위와 관련되어 있어. 특히 저체온 유발 기제가……

그러면 생각해보라고. 감광성 신경절 세포에 돌연변이가 발생했지만 시교차 상핵은 보통 사람들처럼 작용한다면 어떨까? 불가피한 이유로 수면 주기가 어그러진 데다가 '일반적이지 않은' 자극들이 계속되던 끝에 시교차 상핵이 총체적으로 오작동하기 시작한다면?"

"야행성이 되고, 창백해지고, 저체온증에 시달리고, 수분 섭취에 어려움을 겪겠군. 또, 그간의 트라우마를 감안하면 광증에 사로잡힐 가능성이 훨씬 높아지겠지. 각종 초능력이야 돌연변이의 영향으로 이해할 수 있을 테고."

나는 대답하면서 흡혈귀의 다른 특징을 검색해보았다. 그들은 강박적으로 물건 개수를 셌다. 앞서 논한 약점이 불러온 노이로제 증상이었을 것이다. 무더기로 쌓인 물건을 분간하기 위해서는 하나씩 만져보는 수밖에 없었다…… 그들은 혼자서 흐르는 물을 건너지 못했다. 두려워했다. 어떻게든 배를 타려 했다. 물의 깊이를 분간할 수 없다면 강 건너기는 엄청난 도박이 될 것이다…… 그들은 거울에 비치지 않았다. 이는 거울 속의 자신을 알아보지 못하는 상황이 와전된 결과

일 것이다. 그리고 여러 가지가 더……

그러나 종교재판 때문이든 과학의 발전 때문이든, 흡혈귀들은 사라졌다. 영화 소재로만 남았을 뿐이다. 퇴폐적인 아름다움과 성적 매혹의 아이콘. 로마제국의 위험 분자가 병든 괴물로 변하고, 최종적으로 매스미디어의 상품으로 전락한 데에는 곰 인형에 내포된 것과 유사한 비애가 섞여 있었다. 이제는 아무도 곰을 맹수로 여기지 않는다. 거기에 생각이 닿자 문득 남극에서 발견된 원시인의 미래가 궁금해졌다.

"그나저나 원시인은 어떻게 되는 거야?"

"뭐, 이런저런 제안이 있지. 우주탐사용 바이오 로봇 개발에 유전자 패턴을 활용하자거나 일부 특수 직군을 상대로 유전적 개량을 시도해보자거나, 아니면 클론을 되살려보자거나. 어쨌거나 윤리 심의를 통과하려면 한참 남았어. 그건 내가 장담할 부분은 아니야. 내 전공도 아니고."

"되살리면 어디에 쓰는데? 누구한테 좋은 일이야?"

"그래서 심의 통과가 어려운 거지."

"종교나 만들어보는 건 어때? 기계를 모시는 부류도 엄연한 종파로 인정받는 시대인데, 돌연변이 숭배쯤은 완전히 정통이지."

나는 괜히 농담을 던졌다. 살짝 뜸들인 대답에는 헛웃음이 섞여 있었다.

"이건 흥미로운 이야기일 뿐이지 멋진 이야기는 아니야. 이런 이야기를 믿고 싶어 하는 사람은 아무도 없어. 믿음이라—진노한 신을 믿는 것과 쿼크 관측 장치의 정확성을 믿는 건 다른 일이야. 나는 그게 다르다는 걸 알아. 다들 직감적으로 알지. 그리고 너도……"

*

통화를 마치고 나자 오후 5시였다. 도자기 잔에는 마시다만 커피가 한 모금가량 남아 있었다. 마저 입에 털어넣자 헤이즐넛과 캐러멜의 향기가 콧등에서 뒤섞였다. 그 감각이 모조 커피의 제조 과정을 기억으로부터 이끌어냈다가 다시 기억 저편으로 던져버렸다. 그건 사소한 문제다.

나는 식기세척기를 작동시켰다. 그리고 친구의 가설이 모두 옳다고 가정한 상태로 질문 하나를 떠올렸다. 되살아난 원시인은 예수만큼이나 위대해질 수 있을까? 현대인들이 절실하리만치 구원을 바라는 것과 별개로, 그럴 가능성은 지극히 낮아 보였다. 모든 종교는 매혹과 도취로부터, 강렬한 이미지로부터, 설득으로부터 출발했다. 열화상 카메라로 그런 효과를 불러일으키기에 인류는 너무 멀리 왔다.

그 기나긴 노정에서 근동의 한 마술사를 빼놓을 수 없다는 사실이 역설적으로 느껴졌다. 어쨌거나 제1고대 유럽의 역사는 기독교의 역사였고, 이 마술사는 영원하며 유일한 진리로 자리매김함으로써 다른 모든 마술사들을 죽여놓았다. 또한 탐구심으로 타오르는 일반인을 위해 기술과 과학이라는 피난처를 마련했다. 그리고 계몽의 시기를 거쳐, 최종적으로는 자기 자신마저 죽고 말았다. 문명은 오래전에 예수를 해부했으며 구원을 믿는 사람들조차도 기적은 믿지 않는다. 그렇다면 기계교파는? 그들은 기술과 과학을 섬긴다—사실은 모두가 그렇다.

나는 세 개 도시에 걸친 송전망을 관리하는 기술직 사무관이다. 내 세계의 역사는 제2고대 중반부가 되어서야 비로소 시작된다. 토머스 에디슨은 런던에 세계 최초로 중앙 공급식 발전소를 건설하면서 현대적 송전 시스템의 초안을 제시한다. 1882년의 일이다. 제1고대의 기준으로는 아주 먼 미래지만 내 입장에서는 벌써 천 년도 더 전이다. 그동안 수많은 지식이 새로이 나타나거나 잊히거나 부정당했다. 반면 극소수 지식은 영원한 진리로 격상되었다. 수학과 물리학의 몇몇 하위 분야, 그 하위 분야의 일부 수식과 그래프 들, 그리고 그것들이 기술로 구현되는 방식들.

31세기의 현대는 부패한 지구 위에 다양한 기술이 형형색색의 곰팡이처럼 자라난 형태였지만, 그 모든 패턴에는 일관된 대원칙이 있었다. 사람이 모이면 도시가 생기고, 도시가 과밀해지면 또 다른 도시가 나타나며, 도시와 도시 사이에는 거대한 송전탑이 세워진다는 사실이었다. 전류는 도시를 지탱하며 모두의 삶에 숨결을 불어넣었다. 공장을 움직였다. 비료를 만들었다. 사람들은 그 은혜를 두려워하면서도 기꺼이 받아들였다. 만물에 생명을 주는 것, 만물이 운동하는 원인이 되는 것, 발생과 관련된 것…… 모든 파장의 빛.

나는 팔을 쭉 뻗어 검지와 엄지를 튀겼다. 천장의 적외선 모션 센서가 반응하며 전등불이 꺼졌다. 주방이 그늘에 잠겼다. 나는 한 차례 더 튀겼다. 전등불이 켜지면서 주방이 다시 밝아졌다. 기적은 이 시대에 너무나도 흔하고, 우리는 너무 많은 빛을 알고 있으며, 열화상 카메라조차 특별하지 않다. 따라서 어떤 구원도 충분하지 않다. 나는 그 사실에 새삼스러운 지겨움을 느꼈다.

굴절과 반사

서이제

현재 교도소에는 약 3,000여 명의 죄수가 수감되어 있고, 그중 심해로 보내진 자는 128명이다. 나는 세 달에 한 번씩 죄수를 심해로 내려보낸다. 다시 말해, 일반 수감실에서 죄수를 포박해 특수 수감 시설까지 이동시킨 후, 엘리베이터에 태워 심해로 내려보내는 일을 한다. 집행이 이뤄지는 데는 보통 30여 분이 걸리는데, 이때 문제가 발생하지 않도록 주의해야 한다. 특히나 탈옥이나 자해 같은 돌발 행동을 예방하는 것이 중요하다.

엘리베이터 앞에 도착하면, 죄수 대부분은 모든 것을 체념한 듯 덤덤한 모습을 보인다. 이따금 어떻게든 타지 않으려고 울부짖거나 온갖 욕을 하며 몸부림치는 자들도 있지만, 그들이 어떤 행동을 보이든 결국 엘리베이터 문은 닫힌다.

그들은 인간이 갈 수 있는 가장 낮은 곳까지, 그러니까 심해 가장 깊은 곳까지 내려간다. 그곳에는 죄수들이 지내는 독방이 있다. 독방은 사방이 유리로 되어 있는 데다가 원격 카메라에 의해 24시간 감시되기 때문에 프라이버시가 존재하지 않는다. 또한 엘리베이터를 제외하고는 외부와 통하는 길이 없어, 애초에 탈출을 꿈꾸는 것 자체가 불가능하다. 설사 탈출에 성공한다 해도 높은 수압과 낮은 수온으로 인해 살아남을 수 없을 것이다. 그래서 어떤 이들은 그 독방을 '죽

음의 방'이라고 부르기도 한다.

그 방에서 죄수들은 깊은 어둠을 본다. 간혹 그들 앞을 지나치는 심해어는 그들에게 겁만 줄 뿐이다. 그렇게 그들은 외부와 단절된 채 매일을 보내게 된다. 수압으로 유리가 언제 깨질지 모르는 불안 속에서, 하루가 다르게 증폭되는 심해의 공포 속에서 죗값을 치르게 되는 것이다. 일반 수감실로 돌아갈 시기가 되면, 대부분 뇌 기능이 퇴행하여 언어를 상실하거나 극심한 무력감에 시달리게 된다.

-------------------------- 오늘도 나는 또 한 명의 죄수를 심해로 내려보낼 예정이었다.

죄수는 특수 수감 시설로 이동하는 동안 계속 몸을 떨고 있었다. 그러더니 심해로 내려가는 엘리베이터 앞에서 발걸음을 멈추고, 겁에 질린 듯 떨리는 목소리로 내게 물었다.

교도관님, 혹시 유리가 깨진 경우가 있나요?

아니요. 아직 없습니다.

나는 냉정하게 말한 후, 집행 시간에 맞춰 죄수를 엘리베이터에 태웠다.

하루 두 번, 정오와 자정에 안내 방송이 나갑니다. 과격하게 움직이거나 돌발 행동을 하면 유리가 파손되어 생명을 잃을 수 있습니다. 생활 수칙을 준수해주세요. 그럼, 집행 시작하겠습니다.

나는 버튼을 눌렀고, 엘리베이터는 별다른 이상 없이 작동되었다. 내가 이 일을 하는 동안 엘리베이터는 단 한 번도 오작동을 일으킨 적이 없었다.

나는 관제실로 돌아와 B105호실의 CCTV를 확인했다. 죄수는 독방에 웅크리고 앉아 두 무릎에 얼굴을 파묻고 있었다. 그는 유리가 깨질까 두려워했지만, 아마 그가 독방에 있는 동안 그런 일은 벌어지지 않을 것이다. 아니, 내가 이곳에서 일하는 동안에도 그런 일은 벌어지지 않을 것이다. 안전을 최우선으로 지어진 건물이 아님에도 불구하고 말이다.

사실 교도소의 붕괴 가능성에 대해서는 시공 당시부터 말이 많았다. 과연 심해의 수압을 견딜 수 있는지, 최소한의 인권을 보장받을 수 있는 공간인지 등. 안전성과 인권에 관련된 그 논란은 교도소가 완공된 이후에도 지속되었다. 그렇지만 어쨌거나 교도소는 아직 멀쩡했다. 심지어 더 깊은 심해에 위치한 독방마저도.

그 사실은 나를 불편하게 만들었다. 붕괴 위험이 있다던 교도소는 아직도 이렇게 멀쩡한데, 어째서 최고의 기술력으로 시공되었다던 해저터널은 속수무책으로 무너져버린 걸까. 온종일 CCTV 화면으로 교도소 내부를 보고 있으면, 어째서 이곳이 아니라 그곳이 무너졌어야 했는지, 왜 하필 그

래야만 했는지, 자꾸만 원통한 마음이 들었다. 이곳에 온 죄수 중 그날의 사고와 관련된 사람은 아직까지 단 한 명도 없었다.

그날 오전, 나는 여느 때와 같이 관제실에 있었다. 새로 온 죄수들을 맞이할 준비를 하고 있었는데, 교통 문제로 호송차의 도착이 지연되었다는 연락을 받았다. 한편 뉴스에서는 해저터널이 붕괴되어 D6구역부터 D12구역까지 차량 진입이 불가능하다는 소식이 전해지고 있었다. D구역은 네가 출근을 할 때마다 매일 지나치는 곳이었다. 나는 걱정스러운 마음에 관제실을 나가 너에게 연락을 해보았다. 연락이 닿지 않았다. 그래, 직장에 도착했을 시간이잖아. 지금쯤 일을 하고 있을 거야. 일을 하느라 연락이 안 되는 거겠지. 그때까지만 해도 나는 네가 직장에 도착해 연락이 되지 않는 거라고 생각했다. 돌이켜보면 그건 불안한 마음을 추스르기 위해 한 변명이었다. 그런데 어째서, 어째서, 그때는 떠올리지 못했을까. 네가 직장에 더 일찍 도착하기 위해 이따금 요금을 지불하고 해저터널을 이용했다는 사실을 말이다. 그날 밤까지도 너와 연락이 되지 않자, 나는 네가 사고 현장에 있었음을 확신하게 되었다.

다음 날 사고 현장에서 너의 망가진 차량이 발견되었다.

시신은 발견되지 않았다고 했다. 경찰은 깨진 창문 밖으로 너의 시신이 빠져나와 물살에 휩쓸려 갔을 것이라고 추정했다. 만약 그게 아니라면, 터널이 완전히 붕괴되기 전 탈출을 시도했을 가능성도 있다고 했다. 어찌 되었건 너는 그렇게 실종자 명단에 이름을 올리게 되었다. 그 후 일주일간 나는 출근을 하지 못했다.

도대체 그 시기를 어떻게 살아냈을까. 아니, 어떻게 내가 아직 살아 있을까. 그날의 사건 이후 나는 끔찍한 나날을 보내야 했다. 끔찍한 사고만큼이나 그 이후에 벌어진 일들도 끔찍했기 때문이다. 시공업체와 담당자들은 서로 문제를 떠넘기기 바빴고, 검찰조차도 진실을 밝히는 데 적극적으로 나서지 않았다. 정부는 시끄러운 여론을 잠재우는 데 정신이 없었고, 알량한 보상금으로 유족들의 입막음을 하려 했다. 그 누구도 그날의 사고에 대해 책임을 지지 않으려 했다. 붕괴된 터널의 잔해는 예산 문제로 미처 다 수거되지 못한 채 심해 깊은 곳으로 가라앉았고, 사건은 자연재해로 인한 인명 피해 사고로 종결되었다.

그러나 그날의 사고는 여전히 내게 끝나지 않은 문제였다. 네가 돌아오지 않았기 때문이다. 너는 아직까지 시신을 수습하지 못한 유일한 실종자였다. 도대체 너는 어디에 있는 걸까. 심해 깊은 곳 어딘가, 고요히 잠들어 있을 너의 육신을 아득히 그릴 때마다 죽음만큼 마음이 아팠다. 무력감이 들었다. 사고 이후 지난 5년간, 내가 할 수 있는 일이라고는 너의 시신이 발견되기를 바라며 지내는 것뿐이었다.

가끔 나는 도시 전체가 폭격을 맞아 순식간에 붕괴되는 꿈을 꾸었다. 도시를 이루던 거대한 유리창이 깨지고, 그 안으로 엄청난 양의 물이 한꺼번에 쏟아지는, 그래서 순식간에 도시 전체가 붕괴되어 물거품처럼 사라지는 끔찍한 꿈이었다. 그때마다 나는 물속에 떠다니는 잔해 속에서 너를 찾으려고 애썼다. 내 호흡기 가득 물이 차,

-- 숨이 끊어지기 전까지.

해저 도시는 태양에너지를 축적하기에는 열악한 조건이었다. 인공적으로 광합성이 가능한 식물이 일찍이 개발되어 상용화되었지만, 인간의 경우는 달랐다. 아무리 기술이 발전해도 인간에게는 여전히 태양에너지가 필요했다. 오랫동안 태양광에 노출되지 않으면 호르몬 불균형으로 우울증이 생겼다. 해저 도시인의 약 85퍼센트가 우울증을 앓고 있거나 앓았던 경험이 있었다. 이러한 이유로, 해저 도시인은 반드시

1년에 두 번씩 정신의학센터에서 검진을 받아야 했다. 그것이 해저 도시인의 의무였고, 의무를 지키지 않았을 경우 보건법에 의해 벌금이 부과되었다.

나 또한 의무를 지키며 살았다. 1년에 두 번씩 성실하게 검진을 받았지만, 그때까지만 해도 정신 질환을 진단받은 적은 없었다. 그러나 그날의 사고 이후, 나는 일주일에 한 번씩 정신의학센터에 가야만 했다. 그곳에 가면 의료인공지능센터에서 학습을 받은 의료 로봇을 만날 수 있었다.

이번 주는 좀 어떠세요?

의료 로봇 주치의는 내게 물었다.

별 탈 없이 지냈습니다. 예전처럼 시도 때도 없이 눈물이 나지는 않아요. 다만, 하루하루가 무의미하게 흘러가는 느낌이에요. 아니, 그러다가도 갑자기 화가 치밀어 오를 때가 있습니다.

주치의는 내 말을 들으며 데이터를 입력했다.

그렇군요. 주로 언제 화가 치밀어 오르시나요?

잘 모르겠어요.

아직 붕괴되지 않은 건물을 볼 때마다, 특히 매일 일을 하러 가는 교도소를 볼 때마다 화가 치밀어 오른다는 말은 차마 꺼낼 수가 없었다.

그럼 언제 주로 화가 치밀어 오르는지 일주일 동안 잘 살펴보시고, 다음 주에 다시 말씀해주세요. 심박수와 체온을 체크할 수 있도록 한 달간 바이오 시스템을 연동해주시겠어요?

나는 주치의의 말에 따라, 손가락으로 고막을 눌러 바이오 시스템을 활성화시켰다.

그럼 오늘은 비타민D와 호르몬 주사 맞고 가시고요. 이제 봄이 되었는데, 일주일간 산책하시면서 봄날을 만끽하세요. 기분 전환에 좋습니다.

---------------------- 센터를 나오며 위를 올려다보았다.

물결에 넘실대는 푸른빛이 보였다. 그러니까 저 멀리 태양으로부터 쏟아져 내리는 빛이, 해수면을 뚫고 들어와 굴절되며 사방으로 퍼지는 빛이. 한때는 그 빛이 무척 아름답다고 생각했지만, 이제는 그 생각마저도 들지 않았다. 아니, 그 무엇에서도 아름다움을 느낄 수 없었다. 너 없이, 아름다움을 느낀다는 건 불가능한 일이기 때문이다. 나는 스스로 자기 자신을 처벌하듯, 내가 사는 세상에서 아름다움을 지워버렸다.

한편 길가에 배치된 스크린에서는 화창한 봄 풍경이 펼쳐졌다. 벚꽃이 만개하고, 나뭇가지에는 싹이 돋아나고 있었다. 봄날을 만끽하라는 주치의의 말이 떠올랐다. 나는 길 위에 멈춰 서서 오래도록 스크린을 응시했다. 그것은 밝게 빛났지만, 그래봤자 고작 옛 지상의 모습을 재현한 스크린 불빛에 불과했다.

---------------------- 그 이상 아무것도 느낄 수 없었다.

지상은 아주 오래전부터 출입이 금지된 구역이었다. 오존층의 파괴로 자외선이 지상에 그대로 노출되어 인간의 활동이 불가능해졌기 때문이다. 해수면 밖으로 나갔다가는 강한 햇살에 피부조직이 손상되거나 면역결핍으로 생명을 잃을 수도 있다.

현재는 극소수의 연구자에게만 해수면 밖으로 나가는 것이 허용되어 있다. 그들은 특수 장비를 착용하고 지상으로 가 기후를 관측했다. 이따금 그들의 연구 내용이 뉴스로 전해지곤 했지만, 모두 절망적인 것뿐이었다. 사막화는 이미 되돌릴 수 없을 만큼 진행된 상태였고, 지구 한쪽에서는 아직도 폭염으로 인한 화재가 빈번히 일어나고 있다고 했다.

그럼에도 과학지상주의자들은 여전히 희망을 놓지 않았다. 그들은 과학기술의 힘을 빌리면 언젠가 인간이 지상으로 돌아갈 수 있을 거라고 믿었다. 그들은 지상으로 올라갈 수 있는 기술을 개발하는 데 더 많은 돈을 투자해야 한다고 주장했다. 한편 몇몇 경제 전문가는 그들의 주장이 주식시장 찌라시에 불과하다고 여겼다. 진실이야 어찌 되었건, 방송에서는 허구한 날 자극적이고 소모적인 말다툼만 일어났다. 오늘도 나는 스크린을 통해 그들의 모습을 멍하니 보고 있었다.

해저도 결코 안전하지 않다는 것은 모두 알고 있는 사실 아닌가요? 해저 도시는 일시적인 방패막일 뿐이에요.

일시적인 방패막이라니요. 인류가 해저로 들어온 지 백 년이 지났습니다. 우리는 그동안 해저에 잘 적응해왔어요. 앞으로도 그럴 거고요.

5년 전, 해저터널 붕괴 사건을 잊으신 겁니까? 그러고도 안전하다고 말할 수 있어요? 그때는 터널이었지만, 훗날에는 도시 전체가 붕괴되어버릴 수도 있다고요.

어허, 장 박사님, 그런 식으로 시청자들에게 공포감을 조성하시는 건 좋지 않습니다.

선생님이야말로 저에게 공포네요. 선생님은 현재 남태평양 일대에 기상 변동이 얼마나 심각한지 알고 계시나요? 아직도 수시로 폭우가 내려요. 그럼 태평양 일대의 지각운동은요? 해일로부터 안전하다고 볼 수 있을까요? 여기 자료가 다 있습니다.

그럼 현재 달리 방법이 있습니까? 투자를 한다 해도 지상으로 돌아가는 기술을 확보할 수 있을 거라는 보장이 있습니까? 그만큼의 돈과 시간을 투자하는 게 현실 가능한 일이라고 보시는 거예요? 우리는 이곳에서 더욱 안전하고 쾌적한 환경을 조성하기 위해 노력해야 합니다.

패널들의 말씨름이 이어졌다. 답이 없고, 끝나지 않을 논쟁이었다. 그런데 만약 정말로 도시 전체가 붕괴된다면 여기 사는 인간은 모두 어떻게 되는 걸까. 거대한 도시의 잔해물이 깊은 어둠 속으로 가라앉는 모습이 떠올랐다. 죄수를 심해로 보냈던 것처럼, 도시 전체가 그렇게. 분명 이곳이야말로 인류 문명의 끝인 듯했다.

--------------------------- 인간은 더 이상 갈 곳이 없었다.

B34호실이 비워지는 날이었다. 나는 죄수가 엘리베이터에 탑승하는 모습을 모니터로 확인한 후, 엘리베이터 앞에 서서 그를 맞이할 마음의 준비를 했다. 이제 나는 끔찍한 순간을 맞이하게 될 것이다. 사실 죄수를 심해로 내려보내는 일보다 심해에서 올라온 자를 맞이하는 게 내게는 더 힘든 일이었다. 그들의 얼굴을 마주하는 게 특히나 그랬다.

곧이어 엘리베이터 문이 열리고, 나는 핏기 없이 창백해진 얼굴과 마주했다. 죄수의 초점 없는 눈은 그가 이미 죽은 것이나 다름없다는 사실을 알려주는 듯했다. 그리고 지금과는 사뭇 다르던 그의 얼굴이 기억났다.

작년 이맘쯤, 그는 비밀 기지가 있는 101구역에 불법으로 침입했다가 구속되었다. 수많은 죄수 중에서도 내가 그를 정확히 기억하는 이유는 그와 나눴던 대화 때문이다. 그는 엘리베이터에 탑승하기 전, 부모님이 아직 살아 계시느냐고 내게 물었다. 죄수와 필요 이상의 대화를 나누고 싶지 않았기에 나는 대꾸하지 않았지만 그는 내게 재차 물었다. 살아 계세요? 나는 불쾌한 감정을 드러내지 않은 채, 그에게 교도소 내부에서는 정숙할 것을 지시했다. 그러나 그는 지시에 따르지 않고 계속 말을 이어갔다. 돌아가셨군요. 하긴, 기술이 아무리 발전해도 해저에서는 수명을 오래 유지하기가 힘들죠.

제 부모는 오래전에 탈출했죠. 제가 어렸을 때요.

도대체 그게 무슨 말이었을까. 엘리베이터 문이 닫힌 이후에도 한동안 꺼림칙함이 계속 남아 있었다. 나는 그 말의 의미에 대해 골몰했으나 아직까지도 그 뜻을 이해할 순 없었다. 그를 일반 수감실로 이동시키는 동안,

---------------- 나는 단 한 번도 그와 눈을 맞추지 않았다.

정신의학센터에서 상담을 받고 돌아가는 길이었다. 불현듯 꺼림칙한 기분이 들었다. 누군가 내 뒤를 밟고 있는 것 같아 뒤를 돌아보니, 열두 살쯤 되어 보이는 아이가 있었다. 그 아이는 내가 상점가 쇼윈도 앞에서 발걸음을 멈추면 함께 발걸음을 멈췄고, 내가 뒤를 돌아보면 다른 곳으로 시선을 돌렸다. 나는 아이를 수상하게 여기며 발걸음을 늦추었다. 아이가 내 뒤를 밟는 이유를 도무지 알 수 없었다. 그냥 내 착각인 것일까. 내가 괜히 예민하게 반응하고 있는 것일까. 고민하는 찰나, 아이가 골목으로 방향을 틀어 사라졌다.

집 앞에 다다르자, 아까 그 아이, 나를 지나친 줄 알았던 그 아이가 다시 나타났다. 그리고 자연스럽게 내 옆으로 다가와 발걸음을 맞추며, 아무런 말 없이 자신의 손바닥을 보여주었다. 놀랍게도 손바닥에는 작은 사진 한 장이 붙어 있었다. 그것도 무려 아날로그 사진, 지금은 아예 사용조차 하지 않는 인화지에 출력된 사진이었다. 이 아이는 어째서 네

사진을 가지고 있는 것일까.

아시는 분이면, 집에 가서 얘기해요.

아이는 내게 말했고, 나는 떨리는 손으로 지문을 인식해 문을 열었다. 아이가 아무렇지도 않게 먼저 집 안으로 들어갔다. 문이 닫히자 집 안에는 정적이 흘렀다.

보여드릴 게 있어요.

아이는 정적을 깨며 말했다. 그러곤 안주머니에서 편지를 꺼내 내게 보여주었다. 나는 천천히 문장을 읽어내려갔다. 글씨체를 보니 네가 쓴 것이었다.

편지에는 믿을 수 없는 내용이 적혀 있었다. 그러니까 지상에 아직 사람이 살고 있다는 이야기, 5년 전 사고로 물살에 휩쓸려 육지까지 도달하게 되었다는 이야기, 죽을 뻔했다가 운 좋게 사람들에게 구조되어 살아남았다는 이야기, 이후 해저로 돌아오지 못하고 있다는 이야기. 그리고 마지막으로 이제는 해저로 영원히 돌아올 수 없을 것이라는 이야기. 편지의 마지막에는 브로커를 따라 지상으로 올라오라는 말이 적혀 있었다. 그리고 여전히 사랑하고 보고 싶다는 말도. 그 순간, 아이가 내 손에서 편지를 빼앗아갔다.

확인하셨나요? 다 읽으셨으면 처분하겠습니다.

아이는 그 자리에서 바로 편지에 불을 붙였다. 아차 싶었지만, 말릴 틈도 없이 편지는 불에 타들어갔다. 아마 디지털 수사망을 피하기 위해 모든 일을 아날로그로 처리하는 모양이었다.

지상에 갈 것인지 주말 안으로 결정하세요. 일요일 저녁에 제가 다시 올 테니, 만약 가기로 결정했다면 저를 따라오세요. 시간을 더 드릴 수 없습니다. 만약 신고할 경우, 의뢰자의 목숨이 무사하지 않을 겁니다. 의뢰자가 자신의 목숨을 걸고 이 계약을 맺었다는 사실을 잊지 마세요.

아이는 자신의 손바닥에 붙어 있던 사진을 떼어냈다. 그러곤 그마저 불태워버렸다.

------------------ 네 사진은 순식간에 재가 되어 사라졌다.

편지에 적힌 내용 모두 믿을 수 있는 사실일까. 글씨체는 분명 네 것이 맞았지만, 혹시라도 위조되었을지도 모르는 일이었다. 아이는 고도로 조직화된 인신매매 브로커일 수도 있다. 만약 그렇다면, 어째서 이렇게까지 하는 걸까. 그러니까 어째서 네 글씨체까지 위조해가면서 나를 속이려는 걸까. 어째서 그 많은 사람 중에 하필 나를 속이려고 하는 걸까. 아무리 머리를 굴려보아도 답이 나오지 않았다.

너는 정말 살아 있을까. 그게 말이 되는 일인가. 지상에서 살아가고 있을 네 모습이 잘 그려지지 않았다. 그 순간, 나는 깨달았다. 그동안 나는 너를 기다렸던 것이 아니라, 너의 죽음을 확인하길 기다렸다는 사실을 말이다. 지금껏 너의 죽음을 상정하고 살아왔음을, 그 어떤 희망도 품지 않고 살아왔음을, 이제는 인정할 수밖에 없었다. 만약 이 모든 게 사실이라면, 내가 모든 희망을 버린 때에도 너는 나에게 소식을 전하기 위해 애쓰고 있었을 텐데.

여느 때와 같이 출근해, 교도소 내부를 살피는 동안에도 생각은 끊이지 않았다. 오전 업무를 마치고, 관제실로 돌아와 자리에 앉았을 때는 여기서의 모든 삶은 포기하고 떠날 용기가 있는지를 스스로에게 묻게 되었다. 만약 브로커를 따라 지상에 가기로 결정했다면, 그리하여 이곳을 떠나게 된다면, 나는 두 번 다시 이곳으로 돌아올 수 없을 것이다. 최악의 경우 누군가의 손에 영문도 모른 채 죽게 될지도 모른다. 혹여나 돌아온다고 할지라도 저 깊은 심해에 갇히게 되겠지. 그곳이 얼마나 끔찍한지 내가 모를 리가 없었다.

나는 CCTV를 통해 특수 수감 시설 수감실 내부의 모습을 보았다. B105호실의 죄수는 여전히 웅크리고 앉아 있었다. 이따금 앞을 멍하니 바라보거나 울기도 하면서, 그러다가 지치면 두 무릎에 얼굴을 파묻었다. 그 모습을 보니, 그가 내게 마지막으로 했던 질문이 떠올랐다.

------------------------ 혹시 유리가 깨진 경우가 있나요.

거대한 유리막을 올려보았다. 석양빛에 물결이 점점 붉어지고 있었다. 저 밖에 아직도 사람이 살고 있다니, 네가 저곳에 있다니, 나는 일을 마치고 교도소를 나올 때까지도 내게 벌어진 일들을 믿을 수 없었다. 정말로 네가 살아 있다고 믿

어도 되는 걸까. 고작 사진과 편지 한 장을 보고 그래도 되는 걸까. 이제 나는 어떻게 해야 할까. 이대로 지상에 가도 되는 걸까. 복잡한 마음을 안고, 낯선 길로 발걸음을 돌렸다.

태어나 처음으로 신당에 가볼 생각이었다. 과학기술이 발전하면서 지금은 신당 대부분이 사라졌지만, 그래도 도시 외곽 쪽으로 가면 아직 문을 연 신당을 찾을 수 있었다. 사람들은 점술을 유사 과학이라며 괄시했지만, 그럼에도 여전히 점술은 암암리에 이뤄지고 있었다. 나는 마지막 지푸라기라도 잡는 심정으로 도시 외곽을 향해 갔다.

나는 네가 정말로 아직 살아 있는지 알고 싶었다. 아니, 사실은 네가 어딘가에 살아 있다고 나 스스로도 믿을 수 있도록, 살아 있다는 말이라도 듣고 싶었다. 만약 점술가의 입에서 네가 살아 있다는 말이 나오면, 그게 진실이든 아니든 한번 믿어볼 작정이었다.

그렇게 마음을 다지며 계속 걸었다. 이제 곧 해가 지면, 이 도시는 오직 인공조명에 의지해 길고 어두운 밤을 견디게 될 것이다.

------------------------ 나는 좁은 골목 사이로 들어갔다.

골목에 들어서자 향냄새가 풍겼다. 그 냄새를 따라 걸어가니 흰 깃발을 꽂아놓은 신당이 보였다. 점술가는 내가 온 것을 어떻게 알았는지, 부르지 않았는데도 먼저 문을 열었다.

점술가는 내가 생각했던 것과 달리 평범한 차림이었다. 서른도 되어 보이지 않는 앳된 얼굴로, 편안한 인상을 가지고 있었다. 그는 나를 보자마자 오묘한 표정을 지으며 말했다.

시간이 늦었는데 어서 들어오세요.

네.

저기 앉으세요.

신당 안에는 큰 돌 하나가 놓여 있었다. 돌 표면에는 이끼가 잔뜩 끼어 있는 데다가, 그 아래로는 물이 떨어지고 있었다. 그는 축축한 돌 위에 손을 올리고 두 눈을 감았다. 그러고 나서 크게 숨을 들이마시고 내뱉기를 몇 번 반복한 뒤 입을 열었다.

생사가 궁금하군요.

네, 사실은 제가 찾고 있는 사람이 있어요.

내가 조심스럽게 입을 열자, 점술가는 말없이 고개를 끄덕였다. 그러고는 돌 위에서 손을 내려놓으며 천천히 눈을 떴다.

내가 사는 게 중요하지. 내가 살면 결국 알게 돼요.

네?

당신이 살면 알게 된다고요.

제가요?

그래요. 그런데 지금 그게 중요한 게 아니고, 곧 죽을 고비가 있겠어. 조심해야 돼.

생각지도 못한 말이었다. 혹시 지상에 가려다가 안 좋은 일이라도 당하게 되는 것일까. 순간 가슴이 서늘해졌다.

위험해 보이는데……

점술가는 말끝을 흐리다가, 실눈을 뜨며 고개를 저었다.

살고 싶으면 빛을 받으래.

그게 무슨 말이죠?

글쎄, 나는 잘 모르겠어. 살기 위해 빛을 받으라 하시네.

그 말이 무슨 뜻인지 나는 이해할 수 없었다. 결국 나는 원하는 말은 듣지 못한 채 신당을 나와야 했다. 괜한 발걸음을 한 것 같아 후회하는 찰나, 교도소 본부로부터 알림이 왔다. 방금 전에 죄수 한 명이 일반 수감실 내부에서 자살 시도를 해 소란이 일었다고 했다.

-------------------- 나는 급히 교도소로 발걸음을 돌렸다.

자살을 시도한 건, 얼마 전 B34호실에서 나온 죄수였다. 그는 급히 병원으로 이송되었지만 끝내 목숨을 잃었다고 했다. 언젠가 그가 내게 했던 말처럼, 어차피 해저에서는 수명을 오래 유지하기가 힘들다. 그런데 그는 그마저도 살지 못한 것이었다. 나는 내가 그를 심해로 내려보냈다는 사실 때문에 괴로웠다. 물론, 판결을 낸 건 내가 아니었지만. 그럼에도 나는 죄책감에 휩싸일 수밖에 없었다.

동료들이 상황을 수습하는 동안, 나는 관제실을 지켰다. 그곳에서 밤새 심해에 갇힌 죄수들을 지켜보았다. 얼마 전까지 그가 있었던 B34호실도 보았다. 이제는 텅 빈, 오직 심해의 어둠으로만 가득 채워진 그 좁은 공간을.

그날 새벽, 내가 교도소를 나왔을 때, 도시를 밝히던 불빛은 모두 사라지고 거리는 텅 비어 있었다. 온 세상이 어두웠다. 위를 올려다보아도 마찬가지였다. 늘 해가 지기 전까지만 근무를 했기에 이런 광경은 처음이었다.

나는 어둠 속을 홀로 걸었다. 그렇게 한참을 걷다가, 어쩌면 이 세상이 심해에 있는 독방과 같다는 생각을 하게 되었다. 나는 이곳에 혼자 남아 있고, 죽는 그날까지도 이곳을 벗어나지 못할 테니까. B34호실에 머물던 죄수는 죽어서도 이곳을 벗어나지 못할 것이다.

제 부모는 오래전에 탈출했죠.

그 순간 불현듯, 오래전 그가 내게 했던 말이 떠올랐다. 그의 부모는 이곳을 탈출해 지상으로 간 걸까. 그도 그곳에 가기 위해 비밀 기지가 있는 101구역을 넘었던 것일까.

탈출.

그 단어가 내 뇌리에 박혔다. 점술가는 죽을 고비를 넘길 수 있으니 조심하라고 당부했지만, 그 말은 지금 내가 믿고 싶은 것이 아니었다. 나는 탈출이라는 말을 믿고 싶었다. 오래전 그 죄수의 부모가 이곳을 탈출했다는 말을 믿고 싶었다.

-------------------------------- 한 번 떠나면 끝이었지만

나는 아이의 손을 잡고 함께 집을 나섰다. 사람들 눈에 띄

지 않도록 최대한 자연스럽게, 마치 저녁 식사를 하러 나온 부모와 자식처럼, 사람들 사이를 걸었다. 그리고 수소 버스를 타고 30여 분간 이동했다. 가는 내내, 서로 창밖을 바라보며 별다른 말은 하지 않았다. 아이는 이 일이 익숙해 보였다.

이 아이는 어째서 이렇게 위험한 일을 하는 걸까. 자기가 무슨 일을 하는지 알고는 있을까. 아무래도 브로커는 경찰의 의심을 피하기 위해서 아이들을 이용하는 것 같았다. 한편으로는 아이가 가엾게 느껴졌지만, 그렇다고 해서 내가 아이를 도와줄 수 있는 상황은 아니었다.

배는 안 고프니?

네, 괜찮아요.

나는 아이의 작은 어깨에 손을 올렸다. 브로커를 만나러 가야 했지만, 아이에게 뭔가 먹을 것을 사 주고 싶었다. 나 또한 떠나기 전에 속을 든든하게 채워두면 좋을 테니까. 어쩌면 해저에서의 마지막, 아니, 살아서 먹는 마지막 음식이 될 수도 있으니까.

아케이드에 도착하자마자 식당에 들렀다. 우리는 테라스에 앉아 파스타와 신선한 야채를 먹었다. 거창할 것은 없지만 배부른 식사였다.

디저트로는 아이스크림과 추로스가 나왔다. 나는 추로스에 아이스크림을 찍어 크게 한입 베어 물었다. 바닐라향이 입안 가득 퍼지며 계피의 단맛이 은은하게 났다. 아이도 천천히 추로스를 베어 물었다. 바사삭, 하고 소리가 났다. 그때

마침 아이가 누군가를 보고 화들짝 놀라며 자리에서 일어났다. 모자를 푹 눌러쓴 자가 아이에게 손짓을 했다.

이제 가야 돼요.

한입 베어 문 추로스를 접시에 남겨둔 채, 우리는 자리에서 일어서야 했다.

--------------------드디어 진짜 브로커를 만나게 되었다.

브로커는 내가 보는 앞에서 아이에게 돈을 쥐여주었다. 그러고 나서 모자를 고쳐 썼다. 그림자 진 얼굴에는 큰 흉터가 있었다. 오래전에 날카로운 물건에 크게 베인 듯했다. 내가 브로커의 얼굴을 보는 찰나, 아이는 내 눈을 흘깃 보고는 한 발 뒤로 물러났다.

아이는 이대로 나를 두고 가려는 걸까. 낯선 이의 손에 맡겨진 아이처럼, 갑자기 나는 겁이 나기 시작했다. 브로커가 나를 지상까지 데려다주리라는 보장이 없으니까.

행운을 빌게요.

아이는 내게 어색하게 인사를 하고는 등을 돌려 가버렸다. 돈 때문에 나와 동행했을 뿐인데, 그런 아이에게 잠시나마 연민을 느꼈던 게 바보처럼 느껴졌다. 두 번 다시 이 아이를 만날 일은 없을 것이다.

나는 브로커와 아케이드를 빠져나와 주차되어 있는 차에 올라탔다. 차 안에서 브로커는 앞으로 내게 벌어질 일들에 대해 설명했다.

우리는 이제 103구역으로 갑니다. 자정에 출항하는 잠수정을 탈 예정이에요. 그 잠수정은 원래 102구역까지 갔다가 다음 날 돌아와요. 하지만 오늘 새벽에는 멈추지 않고 101구역 끝까지 갈 겁니다.

--------------- 101구역이라면 비밀 기지가 있는 곳이었다.

잠수정 안에는 나이 든 노인과 젊은 부부가 탑승해 있었다. 잔뜩 긴장한 그들의 얼굴을 보니, 그들도 나처럼 지상에 가려는 모양이었다. 지상에 가야 하는 이유는 각자 다르겠지만 말이다. 브로커는 주위를 살핀 뒤, 우리에게 당부했다.

아침 해가 밝으면 지상에 도착해 있을 거예요. 별 탈 없이 도착할 수 있을 겁니다. 다만 101구역을 잘 통과했을 경우에 말이죠. 거기는 기후관측소랑 연구소가 있는 구역이라서 경비가 삼엄해요. 가는 동안, 디지털 기기는 모두 전원을 꺼두셔야 됩니다.

그러더니 몸을 샅샅이 수색하기 시작했다. 디지털 기기가 발견되면 모두 수거해갔다.

자자, 숨기지 마세요. 숨겼다가 우리 다 죽습니다. 지상에 도착하면 어차피 다 쓸모없어질 것들이에요.

잠시 후 잠수정이 움직이기 시작했고, 나는 이제 더 이상 되돌릴 수 없음을 실감했다.

----------------------두 번 다시 돌아올 수 없을 것이다.

잠수정은 한 시간 동안 계속해서 앞으로 나아갔다. 그리고 102구역을 지나 101구역에 이르렀다. 우리는 그곳을 통과하는 동안 한 치도 마음을 놓을 수 없었다. 다행히 그곳을 지나치는 동안에도 별다른 일은 벌어지지 않았다.

그런데 문제는 101구역을 통과하면서부터였다. 그때부터 잠수정이 심하게 흔들렸다. 속력을 높이는 듯했다. 나는 몸의 균형을 잃지 않도록 기둥을 꽉 잡았다. 잠시 후 조종실에서 브로커가 소리를 지르며 나왔다.

디지털, 가진 것 있으면, 다 내놔, 당장.

그의 목소리는 다급하게 들렸다. 우리가 멀뚱멀뚱 서 있자, 그가 재빨리 가방을 뒤지기 시작했다. 그러나 그 어디에서도 디지털 기기는 나오지 않았다.

브로커는 의자를 걷어찼다. 철제로 된 의자가 쓰러지며 큰 소리가 났다. 그때 갑자기 귀가 윙윙 울리는 게 느껴졌다. 그 순간, 나는 정신의학센터와 연동시켜놓은 바이오 시스템이 떠올랐다. 아차 싶었다. 급히 고막을 눌러 시스템을 비활성화시켰지만 이미 센터와 연동되어 있는 상태였기에 아예 종료시키는 것은 불가능했다. 연동 모드를 완전히 종료하기 위해서는 센터와의 연결이 필요했다. 그러나 무엇보다도 이미 위치가 파악된 이상 소용없었다.

내가 귀를 만지는 것을 보았는지, 브로커는 내게로 달려들었다. 그러고는 무지막지하게 나를 제압하여 귓구멍 속으로 손가락을 집어넣었다. 고막이 으스러지는 듯했다. 나는 소리를 지르며 저항했지만 그 힘을 당해낼 수가 없었다. 노인과 젊은 부부에게 손을 뻗어 도움을 요청해도 소용이 없었다. 그들은 안절부절못하며 그저 이 상황을 지켜볼 뿐이었다.

시팔.

브로커는 내 귀에서 손가락을 빼더니 나를 어디론가 끌고 갔다. 그사이 브로커의 모자가 벗겨졌다. 그러나 나는 브로커의 손에 의해 맥없이 끌려가느라 그의 얼굴을 제대로 볼 수가 없었다. 이대로 죽게 되나. 그래, 점술가는 곧 죽을 고비가 있으니 조심해야 된다고 말했지. 조심해야 돼. 조심해야 돼. 그렇게 말하던 점술가의 목소리가 머릿속에서 반복되어 울렸다. 그리고 얼핏 그가 공구함에서 드라이버를 꺼내는 것이 보였다.

곧 고막이 뜨거워졌다.

피가 터져 나왔다.

바닥이 흥건해졌다.

---------------------- 나는 그대로 정신을 잃고야 말았다.

무음 속에서, 거대한 유리창에 균열이 갔다. 곧 와장창 무

너지며 엄청난 양의 물이 쏟아졌다. 물은 나를 덮쳤다. 물에 의해 도시 전체가 붕괴되었다. 내 몸은 도시의 잔해에 뒤섞여 어디론가 흘러가고 있었다. 가라앉지 않고 흘러간다는 게 신기했다. 그때 누군가가 내 손을 잡았다. 나는 이제야 비로소 너를 찾았다고 확신하게 되었다.

------------------------ 손은 거칠었지만 아주 따뜻했다.

노인의 손이었다. 노인은 잠든 내 곁을 지키고 있었다.

저기, 저기.

나는 힘겹게 눈을 뜨고 노인을 불렀다. 노인은 내가 깨어난 것을 보고 깜짝 놀라며 누군가에게 뭐라고 말했지만, 입이 움직이는 게 보일 뿐 그 소리는 잘 들리지 않았다. 곧이어 젊은 부부가 걱정스러운 표정을 지으며 내게로 다가왔다.

괜찮아요? 괜찮아요?

그들은 얼핏 그렇게 묻고 있는 것처럼 보였다. 귀를 기울여 잘 들어보니 그렇게 묻고 있는 게 맞았다. 나는 힘겹게 몸을 일으켰다. 물이 들어간 것처럼 한쪽 귀가 먹먹했다. 나는 손으로 귀를 만져보았다. 붕대가 잔뜩 감겨 있었다.

그때 벽 쪽에 서 있던 브로커와 눈이 마주쳤다. 그는 모자를 벗으며 내게로 다가왔고, 그제야 나는 그의 얼굴을 선명하게 볼 수 있었다. 얼굴 위에 날카롭게 새겨진 흉터까지도. 나는 겁이 나 몸을 움츠렸다.

미안합니다. 어쩔 수 없었어요. 그래도 여기까지 안 잡히고 온 걸 다행이라고 생각하세요. 이제 곧 도착이에요.

그의 목소리가 들렸다. 아니, 정확히 말해 목소리는 한쪽 귀로 들렸다. 나는 한쪽 귀의 청각을 잃은 듯했지만, 나머지 한쪽 귀로 그 말을 분명히 들었다. 이제 곧 도착이라는 말을 듣자마자, 온몸에 긴장이 풀렸다. 한꺼번에 눈물이 터져 나왔다.

------------------------------- 도착해 잠수정 문을 열자,

환한 빛이 쏟아져 들어왔다. 순간 놀라 눈을 감았다. 난생처음 보는 강렬한 빛이었다. 진정을 하고 다시 천천히 눈을 뜨니 믿을 수 없는 광경이 펼쳐졌다. 드넓은 바다가, 정말 끝도 없이 펼쳐진 바다가, 한눈에 들어왔다. 나는 크게 숨을 들이쉬었다. 그리고 말없이 햇살 아래 출렁거리는 물결을 응시했다. 그것은 반짝거렸다. 나는 지금껏 그토록 반짝이는 것을 본 적이 없었다.

윤슬이라고 하는 겁니다.

브로커는 내게 그것의 이름을 알려준 뒤, 잠수정 옆에 세워진 선박에 올라탔다. 잇따라 노인과 젊은 부부가 이동했다. 윤슬, 윤슬, 나는 윤슬이라는 단어를 곱씹으며 그들의 뒤를 따랐다.

선박이 움직이자, 뺨에 시원한 바람이 닿았다. 그리고 슬

슬 귓가에 통증이 올라오는 게 느껴졌다. 그제야 나는 내가 정신을 잃은 사이 내게 진통제가 투여되었다는 사실을 알게 되었다. 나는 고개를 돌려 뱃머리에 앉은 브로커를 바라보았다. 그에게 무슨 말이라도 해야 할 것 같았다.

저 때문에 다 죽을 뻔했네요. 미안해요.

브로커는 고개를 저었다.

저야말로 미안합니다. 그래도 지상에 도착할 때까지는 견딜 만할 거예요. 진통제가 남아 있어서 얼마나 다행이었는지.

점술가가 맞았네요.

네?

곧 죽을 고비를 넘길 거라고 했거든요.

참 나, 그런 말을 듣고도 탈출할 생각을 하다니요.

그런데 죽는다고는 안 했거든요.

브로커는 넌더리가 난다는 듯 고개를 저었다.

아니, 어쩌면 죽을 수도 있다는 생각을 하면서도 왔어요. 아이가 그랬거든요. 의뢰자는 목숨을 걸고 이 계약을 맺었다고요. 그러면 저도 그래야 하지 않겠어요?

그래서 목숨을 걸지 않은 사람들까지 다 죽일 뻔했네요.

그는 퉁명스럽게 말했고, 나는 그의 얼굴에 난 흉터를 보았다.

그런데 왜 이런 일을 하세요?

브로커는 그 질문에 바로 답을 하지 못했다. 한동안 침묵이 흘렀다. 내가 실수를 한 건 아닐까 생각하는 찰나, 그가 천천히 입을 열었다.

출생신고가 안 되어 있었어요. 그러다가 해저터널이 붕괴되었어요. 거대한 유리 조각이 얼굴을 스치고 지나갔어요. 순간 눈앞이 붉게 변해서, 아, 이대로 끝인가 했는데.

브로커는 지난날을 떠올리며 잠시 말을 멈췄다. 그러고는 깊은 숨을 내쉰 뒤 다시 말을 이어갔다.

뭐, 어쨌든 간신히 살아남았는데 돌아갈 방법이 없었어요. 저를 찾을 사람도 없었고요. 이럴 바에 차라리 지상에서 새 삶을 시작하는 게 낫겠다 싶었죠.

그래서 새 삶을 찾으셨어요?

브로커는 어색하게 미소를 지었다.

글쎄요, 지상에서의 삶도 호락호락하지 않아서. 수시로 변하는 기후에 적응해야 돼요. 농작을 제대로 할 수 없어서 먹을 것도 그리 풍족하지 않고요. 아직까지는 자외선 지수가 높아서 너무 오래 돌아다닐 수도 없고요. 그렇지만 적어도 진실이 은폐되지는 않죠. 사리사욕을 챙기기 위해 누군가를 속이는 세상은 아니에요.

저 멀리, 땅이 보이기 시작했다. 이제 곧 너를 만날 수 있을까. 우리는 저곳에서 새 삶을 시작할 수 있을까. 그런 생각을 하는 찰나,

수면 위로 불쑥

-------------- 갑자기 무언가 뛰어올랐다.

고래였다, 진짜 고래.

고래는 우리를 따라오며 물 위로 뛰어올랐고, 그때마다 사방으로 물보라가 쳤다. 지금껏 스크린 속 이미지로만 봤던 광경을 이렇게 눈앞에서 보게 되다니, 그 거대한 크기와 움직임에 도무지 입이 다물어지지 않았다. 한편 젊은 부부는 서로를 끌어안은 채 감탄을 내뱉었고, 노인은 한순간도 놓치지 않으려는 듯 눈을 크게 뜨고 침착하게 고래를 응시했다. 브로커는 그런 우리를 보며 말했다.

진짜 다들 운이 좋으시네요.

계속
수면 위로
고래는 뛰어올랐고,

때마다
오를 물결이
뛰어 반짝
고래가 반짝반짝
빛났다.

우리가 지상에 안전하게 닿을 수 있도록, 고래는 마치 우리를 수호해주고 있는 듯했다. 그로부터 눈을 뗄 수가 없었다. 이후 얼마 지나지 않아 고래는 바닷속으로 유유히 사라졌고, 나는 수심이 점점 얕아지고 있음을 직감했다.

우리 중 가장 먼저 땅을 밟은 것은 브로커였다. 그는 망설임 없이 두 발을 땅에 내디뎠고, 그를 따라 노인과 젊은 부부가 연이어 내렸다.

가장 마지막으로 내가 내릴 차례였다. 나는 땅으로 첫발을 내디뎠다. 놀랍게도 폭신하고 부드러웠다. 마치 발을 감싸주는 듯, 나는 땅 위에서 편안함을 느꼈다. 땅에 내 발자국이 남았다. 나는 그것이 신기해, 한 발 한 발 앞으로 걸으며 발자국을 더 남겨보았다. 이곳이 지상이구나. 결국 여기까지 와버렸구나. 드넓게 펼쳐진 모래사장을 둘러보았다. 아주 먼 곳까지, 내 발자국을 남기고 싶었다. 그래서 나는 더 멀리 바라보았다.

그리고 저 멀리,

시선 끝에 네가 있다.

화창한 빛 아래

한 치의 거짓도 없이, 너는

나에게로 오고 있다.

살기 위해 빛을 받으라.

그제야 나는 그 말을 믿게 되었다.

귀 한쪽이 여전히 먹먹했지만 아무려나, 상관 없었다.

시계탑

이희영

"직접 경험해보시는 것도 나쁘지 않을 겁니다."

D가 말하고는 빠르게 덧붙였다.

"그 세계를 말이죠."

휴가 손가락으로 관자놀이를 긁적였다. 입가에 설핏 미소가 번졌다. 경험이란 표현도 어색했지만, 그 세계라는 말은 어쩐지 장난처럼 느껴졌다.

"제 설명이 웃긴가요?"

기계음보다 건조한 목소리가 들려왔다. D는 휴의 마음을 정확히 꿰뚫고 있었다. 혹여 이곳에 온 다른 이들도 비슷한 반응을 보였을까? 놀이동산 입구에 선 듯 재미있고 엉뚱한 감정.

"아닙니다."

휴가 얼굴에 남은 웃음기를 지웠다. 새벽까지 깨어 있다 들킨 꼬마가 된 기분이었다. 별 잘못도 없이 괜스레 뜨끔했다. 휴의 시선이 D의 길고 가는 두 눈과 마주쳤다. 그녀의 복장은 단순했다. 베이지색 라운드 티셔츠에 낡은 청바지를 입고 검은색 슬리퍼를 신었다. 예고도 없이 집 앞에 찾아온 친구를 만나기에 적절한 스타일. 어떤 격식이나 예의는 느껴지지 않았다. 너무 평범해 심심하기까지 한 옷차림 위에 무심히 걸친 새하얀 가운은, 그러나 생각보다 그 위력이 어쩌면 위엄이라 말할 수 있는 것이 상당했다.

휴의 시선이 슬그머니 책상 귀퉁이를 더듬었다.

"처음 오셨을 때 친구분이 이곳을 방문한 적이 있다고 하셨죠?"

D가 물었다.

"친구는 아닙니다."

휴는 곧바로 지인이라 정정했다. 친구의 건너 건너 친구일 뿐이니, 직접적인 관계는 없었다. '야, 내 친구가 거기 가봤는데……'로 시작되는 이야기는 언제나처럼 사실과 뜬소문 어디쯤 자리 잡고 있었다. 그럼에도 클릭 몇 번이면 쏟아지는 온갖 정보보다 이상하리만큼 신뢰가 갔다. 그 아이러니한 이유를 휴도 알 수 없었다.

"이곳에서는 문제를 조금 더 정확히 알 수 있다고 해서요."

그가 잠시 머뭇거리던 입술을 움직였다.

"문제의 원인을 찾고 그에 따른 개선 의지까지 높여준다 해서……"

이곳을 방문한 친구의 회사 동료의 지인은 한 달째 금주를 이어가고 있었다. 또 다른 이는 자동차가 아닌 자전거로 출퇴근을 시작했다. 하루아침에 그게 가능할까? 호기심 반, 기대 반으로 찾아온 곳이었다.

"죄송하지만 저희가 뭔가를 바꿔드리지는 않습니다. 아무것도 강요하지 않고요."

어스름 하늘의 초승달처럼 D가 두 눈을 가늘게 접었다. 분명 웃고 있는데 감정이 전혀 느껴지지 않았다. 뜻 모를 미소가 오히려 괴괴하게 보였다.

"그저 보여드릴 뿐입니다. 나머지 선택은 본인의 결정이죠."

D는 그래도 괜찮겠느냐는 듯 고개를 까딱했다. 세상에 백퍼센트는 없었다. 기대 반 호기심 반 속에는 역시 그럴 줄 알았다는 체념도 으레 섞여 있는 법이다. 휴가 "네"라고 대답했다.

"그럼 지난번에 오셨을 때 작성하신 자료를 토대로 몇 가지 묻겠습니다."

모니터에 시선을 고정한 채 D가 질문을 시작했다.

"프리랜서라고 하셨는데 정확히 하시는 일을 여쭤봐도 될까요?"

"그림쟁이입니다. 일러스트레이터."

"그럼, 일은 주로……"

"집에서 합니다."

"출퇴근이 없으시군요."

아마도요, 하는 얼굴로 휴가 선웃음을 지었다. 그 뒤로 D의 입에서는 사소하지만, 지극히 개인적인 질문들이 줄줄이 쏟아져 나왔다.

커피는 마시는지, 평소 운동량은 어떻게 되며 술과 담배는 하는지, 취미 활동을 비롯해 기상과 취침 시간까지 물었다. 그때마다 휴는 솔직하게 대답했다. 속일 이유도 필요도 없으니까.

"커피는 아침에 한 잔 정도 마십니다. 잠을 깨기 위해서죠. 그 밖에 딱히 좋아하는 음료는 없습니다. 뭔가 마시면 화장실을 자주 가게 돼서요. 작업할 때 움직이는 걸 좋아하지 않는 편이라…… 운동은 일주일에 두 번, 많으면 세 번 정도

합니다. 아니요. 야행성이라 낮에는 오히려 컨디션이 안 좋습니다. 주로 밤에 짐gym에 갑니다. 특별한 취미는 없습니다. 핑계일지 모르겠지만 그럴 시간도 없고요. 가끔 잠들기 전 전자책을 읽거나 영화를 보는 게 전부입니다. 술은 글쎄요. 한 달에 서너 번 친구들과 만날 때 마시죠. 과음이나 폭음은 안 합니다. 담배는 피운 적 없습니다. 기상과 취침 시간은……"

당신의 예상이 정답이라는 듯 휴가 어깨를 으쓱했다. 출퇴근이 없는 프리랜서였다. 새벽까지 작업을 하는 날이 대부분이었다. 기상과 취침 시간은 말 그대로 프리했다.

"어제 점심은 뭘 드셨죠?"

D가 물었다. 휴가 샌드위치라 대답했다.

"어떤 종류의 샌드위치였죠?"

"그게……"

스크램블드에그? 햄? 치즈? 확실히 참치는 아니었다. 휴는 참치가 들어간 음식을 좋아하지 않았다. 분명 샌드위치를 먹은 것까지 기억나는데 그 종류는 떠오르지 않았다.

"햄에 치즈가 들어간 것 같기도……"

머뭇거리는 휴를 보며 D가 화면에 무언가를 입력했다.

"혹시 어젯밤 잠자리에 들기 전에 뭘 하셨죠?"

D의 질문이 멍한 정신을 깨웠다. 휴가 가볍게 목을 가다듬었다.

"책을 읽었습니다."

"어떤 책입니까?"

"소설입니다."

D가 화면에 묶여 있던 시선을 휴에게로 옮겼다.

"내용을 짧게 묘사해주시겠어요? 줄거리가 아니라 어제 읽은 부분이요."

"그러니까……"

휴의 미간에 짙은 주름이 잡혔다. 제목과 작가는 선명했다. 무슨 내용이었더라? 어젯밤 침대에서 읽은 건 확실하지만 어찌 된 일인지 주인공 이름조차 떠오르지 않았다.

"추리소설입니다."

쓸데없는 대답이었다. D가 여전히 감정을 읽을 수 없는 눈빛으로 휴를 바라보았다. 그러나 지독히도 무덤덤한 눈 속에는 또렷한 확신이 들어 있었다. 기억나지 않죠?

"그래서 여기에 온 겁니다."

힘없는 대답이 공기 중으로 흩어졌다. 그가 고개 숙여 발끝을 내려다보았다. 언제부터인지 알 수 없지만 짙은 안개에 휩싸인 듯 머릿속이 뿌옜다. 그 증상은 점점 더 심해져 중요한 작업을 할 때조차 쉽게 집중할 수 없었다. 돌아서면 무엇을 하려 했는지 잊어버렸다. 차를 주차해놓은 곳이 가물거리는가 하면, 올리브오일을 사러 간 마트에서 엉뚱한 식자재만 잔뜩 사고는 정작 필요한 오일을 잊은 적이 있었다. 하지만 이런 것쯤은 대수롭지 않게 넘겼다. 단순한 피로와 작업 스트레스로 치부해버렸으니까. 문제는 사람들과의 소통이었다.

클라이언트나 업체에서 온 메일이 한 번에 해석되지 않았다. 정확히 어디를 수정하고 무엇을 바꾸라는 뜻인지, 메일을 두어 번 많게는 서너 번을 읽은 후에야 간신히 의도를 파악할 수 있었다. 독서도 마찬가지였다. 방금 읽은 내용이 전혀 생각나지 않았다. 기억은 저장 못 한 그림 파일처럼 사라지고, 한여름 손에 쥔 아이스크림인 듯 녹아내렸다.

"뭔가 머릿속에 문제가 생긴 것 같습니다."

고가의 영양제와 두뇌 활동에 좋다는 식품들을 챙겨 먹었다. 운동 시간을 늘렸고 되도록 술자리는 피했다. 그럴 시간에 차라리 밀린 잠을 자는 게 피로 회복에 좋을 테니까. 충분한 수면 뒤에는 몸과 머리가 잠시 맑아지는 기분이었다. 하지만 상쾌함은 오래가지 못했다. 몸에 특별히 문제가 있는 건 아니었다. 손목과 허리 통증은 그림쟁이의 천형이었다. 스트레스성 위염이나 장의 문제는 직업을 바꾸거나 다시 태어나지 않는 한 완치가 힘들 것이다.

"한 주간 드신 음식과 생활 방식, 마지막으로 주거 환경을 분석했습니다. 이것을 토대로 준비하겠습니다. 내일 바로 시작하죠."

D가 등받이에 몸을 기대며 말했다.

"치료를 말씀하시는 겁니까?"

휴가 물었다. 그녀가 상체를 일으키고는 어깨를 으쓱했다.

"우선 경험해보신 후에 차차 이야기하는 게 나을 듯싶습니다."

"경험이라면……"

"직접 그 세계에 방문하시는 것을 말합니다."

그 세계요? 하고 묻는 표정으로 휴가 두 눈을 끔뻑였다. D의 양 입꼬리가 빙긋이 올라갔다. 너무 긴장할 필요 없단 의미일까? 휴는 무릎 위에 놓인 두 손을 꼼지락거렸다.

"그 세계라는 것이……"

무엇을 어떻게 물어야 할지 난감했다. D가 책상에 팔꿈치를 세우고는 깍지 낀 두 손 위에 턱을 얹었다. 이제 놀이공원 입구에 선 사람은 그녀처럼 보였다. 감정 없던 두 눈이 어떤 기대로 반짝였다.

"어디가 문제인지, 증상이 어떤지에 따라 조금씩 다릅니다."

"……"

"그 세계는 작은 마을이 될 수도 있고, 숲속이 될 수도 있으며 넓은 우주나 아주 작은 골방이 될 수도 있죠."

"……"

"흔히들 프로그래밍된 가상이라 생각하지만, 그 세계는 분명히 존재합니다. 다만 우리가 평소 절대 볼 수 없을 뿐이죠."

D는 존재라는 단어에 유독 강세를 넣어 말했다. 휴는 비록 모든 것을 완벽히 이해할 수 없지만, 자신이 이곳에 온 명확한 목적만은 절대 잊지 않았다.

"어쨌든 그 세계를 경험하면 이곳이 깨끗하게 바뀝니까?"

휴가 손가락을 세워 콕콕 자신의 머리를 건드렸다. 24시간

뿌연 안개를 말끔하게 거둬낼 수 있느냐는 뜻이었다.

"바뀌는 건 본인의 의지에 달렸죠."

D는 다시금 모니터로 시선을 돌렸다. 그녀의 등 뒤로 하루가 저물어가고 있었다. 물이 담뿍 들어간 수채화처럼 태양이 오색으로 풀어졌다. 통창 너머의 세상은 밤을 맞이하는데 도시는 네온의 눈을 끔뻑이며 서서히 깨어나기 시작했다.

집으로 돌아오기 무섭게 휴가 침대에 몸을 던졌다. 겨우 몇 마디 나눴을 뿐인데 진이 다 빠지는 기분이었다. 천장의 LED 조명이 하얗게 빛을 내뿜었다. 창으로 눈을 돌리자 붉고 푸른 간판들이 반짝였다. 세상에 완벽한 어둠과 밤이라는 개념은 서서히 사라지고 있었다.

'주택가가 아니다 보니 밤이 좀 환할 거예요. 암막 커튼 있으니까 저녁에 자동으로 닫히도록 시간을 세팅해놓으면 됩니다.'

거주보다는 집중해 일할 수 있는 작업실을 원했다. 이 정도 공간과 가격이라면 창밖의 네온사인 정도야 얼마든지 참을 수 있었다. 처음부터 암막 커튼 따위는 무용했다. 어차피 밤새 불빛을 밝히는 건 이쪽도 마찬가지니까. 휴는 암막 커튼이 닫히는 시간을 아침으로 재설정해놓았다. 그 시간이야말로 그에게는 진짜 밤이 찾아오는 순간이니까. 나른하게 흘러가는 도시의 야경이 오히려 마음에 들었다. 물끄러미 창을 보던 휴가 고개를 돌렸다. 침대 옆 협탁에는 작은 스탠드와 어제 읽다 만 추리소설이 놓여 있었다.

"그 세계를 추리해보라는 뜻이군."

입가에 지친 웃음이 번졌다. 모든 것이 귀찮았다. 온몸이 늪에 빠진 듯 서서히 가라앉고 있었다. 해야 할 일도, 보내야 할 메일도, 확인할 사항도 많은데 손가락 하나 움직이기 싫었다. 휴가 가만히 두 눈을 감았다. 새하얀 전등 빛이 닫힌 눈꺼풀 안을 파고들었다.

*

휴가 눈을 뜬 곳은 자신의 작업실이 아니었다. 머릿속에 커다란 돌덩이가 들어 있는 듯 무겁고 어지러웠다. 그는 침대에서 천천히 상체를 일으킨 후 잠시 주위를 두리번거렸다.

제일 먼저 보이는 건 거대한 유리 벽이었다. 그 너머로 우뚝 솟은 탑이 있었다. 그가 정신을 차리려 짧게 고개를 흔들었다.

"이제 잠에서 깨어나셨나요?"

여자의 목소리였다. 그 뒤로 남자의 가벼운 웃음이 공기 중에 떠다녔다.

"잠에서 깨어났냐니, 너무 웃긴 질문 아니야?"

"그럼 정신이 들었냐고 물어봐?"

여자가 쏘듯이 말했다.

"정신이 들다? 그건 더 웃긴 질문이야."

남자가 대답했다. 여자의 말처럼 이제 막 깨어났는지, 간신히 정신이 들었는지 모를 일이지만 상황 판단은 필요했다. 휴가 멍한 얼굴로 두 사람을 바라보았다.

"여기가……"

"여긴 여기입니다."

여자가 말했다. 남자가 동조하듯 고개를 끄덕였다.

"그럼 두……"

휴는 잠시 망설이다 입술을 달싹였다.

"두 분은 누구십니까?"

"우리는 여기에 존재하는 이들입니다."

대답은 남자에게서 흘러나왔다.

"이름…… 아니 성함은?"

"그냥 보이는 대로 불러주세요."

여자가 싱긋이 웃었다. 세상에 평범함의 명확한 기준이란 없었다. 그러나 보편적인 느낌은 존재했다. 두 사람은 어디서나 볼 수 있는 전형적인 남녀의 모습이었다. 보이는 대로 불러달라 했으니 어쩔 수 없잖은가. 휴는 그들을 여자와 남자로 명명했다.

그는 자신의 이름을 밝힐까 하다 그만두었다. 이곳에서 이름은 중요치 않았고 두 남녀는 이미 휴를 알고 있을 테니까.

"이곳은 이곳이지만 굳이 당신이 알기 쉽게 표현하자면 무너져 내리는 도시라고 말씀드리고 싶네요."

남자가 몸을 돌려 유리 벽으로 걸어갔다. 그 곁을 여자가 따라붙었다. 휴도 조심스레 침대에서 내려왔다. 허방을 짚듯

휘청이던 몸이 조금씩 균형을 찾기 시작했다. 그가 두 사람을 향해 가까이 다가갔다.

커다란 통창 너머로 검은 도시가 펼쳐져 있었다. 그가 깨어났을 때 처음 보았던 우뚝 솟은 건물은 거대한 시계탑이었다. 안개에 싸인 듯 희뿌연 도시에 유일하게 시계탑만이 선명하게 불을 밝히고 있었다.

"저 시계탑이 이 도시를 무너뜨리고 있습니다."

휴의 시선을 읽었는지 남자가 먼저 입을 열었다.

"이봐, 시계탑은 죄가 없어."

여자가 격양된 목소리로 대답했다.

"완전히 고장 났잖아."

남자가 강하게 되받아치고는 다시 물었다.

"지금 저 시계탑이 가리키는 숫자가 타당하기나 해?"

휴가 먼 곳으로 시선을 돌리며 미간을 일그러뜨렸다. 흐릿했던 초점이 선명해지더니 멀리 있는 탑의 숫자가 보이기 시작했다. 시계는 정확히 10시를 가리키고 있었다. 다만 오전인지 오후인지 알 수 없었다. 짙은 안개에 파묻힌 도시는 희미한 빛 한 줄기 찾아볼 수 없었다.

"시계탑의 시간이 틀렸습니까?"

휴가 물었다. 두 사람이 동시에 고개를 끄덕였다.

"완전히요."

여자가 말하자 남자는 피식 코웃음을 터뜨렸다.

"지금이 어떻게 10시가 될 수 있을까요."

그럼 대체 지금이 몇 시라는 뜻일까.

"무슨 말씀이신지. 조금 더 구체적인……"

설명을 원하는 눈빛으로 휴가 입을 열었다.

"말 그대로입니다. 시계가 고장이 나서 이 세계의 시간이 제멋대로 흘러간다는 뜻이죠."

남자의 말이 끝나기 무섭게 여자가 반박했다.

"엄밀히 말하면 문제는 시계가 아닙니다. 시계를 고장 나게 한 원인부터 해결하는 게 급선무죠."

설명을 들을수록 혼란이 가중되는 기분이었다. 다만 한 가지는 알 수 있었다. 여자와 남자 모두 도시 한가운데 우뚝 솟은 시계탑 이야기를 하고 있었다.

"어쨌든 이 세계는 저 시계가 중요한 거군요."

그 즉시 '네'와 '아니요'가 동시에 튀어나왔다. 긍정을 말한 쪽은 여자였다.

"저 시계를 처음으로 되돌려놓아야 합니다."

여자는 시계와 처음이란 단어를 유독 힘주어 말했다.

"그건 이미 늦었어. 이제 와 처음으로 되돌아가는 건 불가능해."

남자가 피식 코웃음을 터뜨렸다.

"비행기가 불시착해서 어디 밀림 같은 곳에 10년 정도 갇히면 또 모르지. 일말의 희망이 생길지도."

"그럼 도시가 붕괴하는 것을 지켜보자는 거야?"

여자가 왈칵 짜증을 토해냈다.

"질문이 잘못됐어. 절대 미래형이 될 수 없거든. 우리는 지금 서서히 붕괴하는 상황을 지켜보는 중이잖아. 현재진행형이라고 할 수 있지."

남자의 시선이 흘낏 휴를 곁눈질했다.

"시계가 10시를 가리키지만 우린 전혀 빛을 볼 수가 없어."

그럼 오전을 의미하는 걸까?

"빛이라면 혹시……"

휴의 질문을 여자가 빠르게 막아섰다.

"아니요. 빛은 곧 볼 수 있을 겁니다."

단호한 대답과 달리 여자는 죽은 도시만큼이나 표정을 굳혔다.

"맞습니다. 빛은 볼 수 있죠. 문제는 그 빛이 너무 제멋대로라는 겁니다."

남자의 입가에 또렷한 비웃음이 지나갔다.

"이 세계를 지탱할 수 있는 빛은 오래전에 사라졌습니다."

그 말을 부정하듯 하늘에서 강한 빛이 터졌다. 빛이 터졌다는 표현은 어색했지만, 휴는 아무리 고민해도 다른 말이 떠오르지 않았다. 하늘에 수천 개의 폭죽을 쏘아 올린 것 같기도, 전쟁 영화 속 조명탄이 터진 것 같기도 했다. 그 빛은 너무 하얗고 밝아 폭력으로까지 느껴졌다. 휴가 손으로 눈을 가리고는 유리 벽에서 한 걸음 뒤로 물러섰다.

"뭡니까, 이 강한 빛은?"

얼굴을 잔뜩 구기며 휴가 물었다.

"빛이 빛이지 뭐겠습니까?"

남자가 되물었다. 여자가 곧바로 덧붙였다.

"이 세계의 시작을 알리는 의미입니다. 이렇듯 갑작스러운 시작은 아무리 적응하려 노력해도 익숙해지지 않네요."

이상한 일이었다. 빛이 가득한데 도시는 여전히 짙은 안개에 갇혀 있었다. 놀란 표정의 휴를 보며 남자가 한쪽 입꼬리를 말아 올렸다. 마치 그의 반응을 예상했다는 듯……

"이 무례하고 제멋대로인 빛에 적응할 때면, 우리는 지구가 아닌 다른 행성에서 살게 될지도 몰라. 안 그래?"

"그쯤 되면 너의 그 지긋지긋한 비아냥도 사라질까?"

"이봐, 비아냥이 아니라니까. 그만큼 시간이 오래 걸린다는 의미야."

두 사람이 이러쿵저러쿵 말씨름을 하는 사이 시계탑의 숫자는 11시를 가리켰다. 동시에 귀를 찢는 사이렌 소리가 온 도시를 뒤흔들었다. 흡사 전쟁 영화 속 공습경보와도 같았다.

"이건 또 뭡니까?"

휴가 두 귀를 틀어막으며 소리쳤다.

"시계탑이 11시를 가리켰네요. 곧 드론이 날아올 겁니다."

여자가 말했다. 남자의 입에서 거친 욕설이 터져 나왔다.

"젠장, 멍청한 척하는 거야, 아니면 진짜 멍청한 거야?"

"그런 식으로 말하지 마. 단지 이 세계를 모를 뿐이야."

"단순히 모른다는 말로 이 상황은 절대 해결되지 않아."

사이렌이 사라지자 하늘에 먹구름이 밀려들었다. 굳이 묻지 않아도 휴는 알 수 있었다. 저 먹구름의 정체가 두 사람이 말한 드론들이라는 사실을……

"드론들이 왜 날아오는 겁니까?"

"날아오는 게 재미있는 모양이죠."

남자의 빈정거림에 여자가 매섭게 눈을 흘겼다.

"이 도시에 필요한 것들을 전달하기 위해서입니다."

새벽하늘을 소리 없이 날아다니는 택배 드론이 있었다. 이곳도 비슷한 시스템으로 흘러가는 걸까. 그러나 두 사람은 언제나처럼 불길한 얼굴로 까맣게 날아드는 드론들을 주시할 뿐, 아무 말이 없었다.

휴가 물음표 가득한 표정을 짓자 여자는 비로소 설명을 시작했다.

"드론들이 착륙할 장소는 이미 폐쇄되었습니다. 물품을 보관할 임시 창고도 포화 상태고요."

"포화 상태라면?"

휴가 물었다. 남자가 쯧쯧 혀를 찼다.

"말 그대로 임시 창고가 꽉 찼습니다. 더는 새로운 물품을 받을 수가 없어요."

두 사람은 분명 임시 창고라고 했다. 그 뜻은 물품을 보관해둘 저장소가 따로 있단 의미다.

"임시라고 했으니 저 임시 창고 안에 있는 물품을 다른 곳으로 옮길 수 있잖아요."

"메인 저장소로 물품들을 옮겨줄 운반책들이 사라졌어요.

그들이 임시 창고의 물품들을 메인 저장소로 옮겨야만 저 드론들이 착륙할 수 있고 안전하게 새 물품들을 창고에 보관할 수 있습니다. 만약 그렇지 않으면……”

여자의 말이 끝나기도 전에 사방에서 펑펑 폭발음이 들려왔다. 까맣게 날아오던 드론들이 하나둘 공중에서 폭발하기 시작했다. 남자가 휴를 향해 까딱 고갯짓하고는 “바로 저렇게 됩니다” 하고 허망한 표정으로 대답했다.

사방에서 터지는 폭발음이 머릿속을 울렸다. 휴가 정신을 차리려 빠르게 도리질 쳤다.

“혹시 지금 이 상황이 정신없으십니까? 겨우 이 정도로요?”

남자의 비아냥거림은 귀를 찢는 폭발음만큼이나 신경을 건드렸다. 휴가 고개 돌려 유리 벽 너머를 바라보았다. 도무지 이 세계의 시스템을 이해할 수 없었다. 다만 저 시계탑이 이곳에서 아주 중요하다는 사실만은 눈치챌 수 있었다. 그런데 이 세계를 관장하는 저 잘난 시계가 고장 났다. 그것이 모든 혼란의 원인이라면 수리할 방법 또한 있지 않을까.

“시계탑의 시간을 재설정하는 게 어떻겠습니까.”

휴가 조심스레 의견을 내비쳤다.

“지금은 불가능합니다.”

여자가 말했다.

“뭐 앞으로 백 년 뒤에는 혹시 모르죠. 저 시계탑을 자유자재로 바꿀 수 있을지. 이 엄청난 카오스에 이 멍청이 같은 도시가 적응할 수 있을지도 말입니다.”

당장은 불가능하다는 건, 앞으로는 가능하단 뜻일까? 어쩌면 그 방법을 찾는 일이 그가 지금 이 세계를 방문한 유일한 목적이자 이유일 것이다.

"이 밖에도 더 큰 문제가 있습니다."

여자가 말끝에 한숨을 덧붙였다. 휴는 긴장을 숨기려 주먹을 움켜쥐었다. 지금까지의 혼란만으로도 충분했다. 이 세계의 시스템이 얼마만큼 붕괴했는지를…… 이 도시의 더 큰 문제는 알고 싶지 않았다. 경험하기 싫었다.

"더 큰 문제라면……"

"이번에는 직접 저 아래로 내려가서 확인하는 것이 어떨까요?"

남자가 한쪽 눈을 찡긋했다. 그것이 자신을 향한 경고임을 휴는 모르지 않았다. 무엇을 상상하든 그 이상으로 최악이란 뜻일 테지. 어느덧 그도 이 세계에 서서히 적응하기 시작했다.

"저희를 따라오시죠."

여자가 먼저 돌아섰다. 남자도 몸을 돌려세웠다. 휴가 불안한 시선으로 안개에 휩싸인 도시를 내려다보았다. 이제 저곳으로 직접 내려가야 할 시간이 되었다.

시계탑이 12시를 가리켰지만, 이 세계는 여전했고 강한 빛에도 안개는 점점 더 짙어졌다.

"이 도시에 사는……"

휴가 말을 멈추고 숨을 들이마셨다. 뭐라 표현해야 할지

딱히 떠오르는 단어가 없었다.

"존재들은 어디에 있습니까?"

"최대한 활동을 자제하는 중입니다."

여자가 대답했다.

"보다시피 자유롭게 활동할 수 있는 여건이 아니라서요."

남자가 허탈한 표정으로 두 손바닥을 들어 보였다. 유령 같은 도시에 터벅터벅 세 사람의 발소리가 울려 퍼졌다. 안개 속에 감춰져 있던 도시는 좁고 넓은 골목들이 어지럽게 교차하고 있었다. 그 흔한 이정표나 신호등조차 보이지 않았다. 도시는 거대한 미로 그 자체였다. 조금만 긴장을 놓아도 길을 잃을 판이었다.

"오래전, 그러니까 시계탑이 정확하게 돌아가던 시절에는 결코 이런 모습이 아니었습니다."

여자가 허리를 굽혀 무언가를 움켜쥐었다. 그것은 끈적한 점액질처럼 보였는데 슬라임 같기도, 묽은 점토 같기도 했다. 그 정체가 무엇이든 휴는 절대 만지고 싶지 않았다.

"뭐죠?"

그가 물었다.

"이 도시의 폐기물입니다."

여자가 손에 묻은 것을 떨어내자 회색 덩어리는 미끄러지듯 바닥으로 떨어졌다.

"한마디로 쓰레기라고 할 수 있죠. 다만……"

남자가 덧붙이고는 어깨를 들썩였다.

“이 폐기물을 수거하는 팀들이 벌써 며칠째 오지 않습니다. 이대로 가다간 도시는 온통 오염 물질로 뒤덮일 것이고 결국 그 어떤 존재도 살 수 없는 죽음의 도시가 되겠죠.”

안개 너머 도시가 서서히 눈에 들어왔다. 건물과 도로, 가로수 곳곳에 끈적하고 질척거리는 점액질이 잔뜩 묻어 있었다. 어떤 곳은 막을 씌운 듯 거대한 슬라임 덩어리에 잠식되어 있었다. 휴는 보는 것만으로도 욕지기가 올라왔다.

“그러니 하루라도 빨리 저 시계탑을 수리해야 합니다. 물론 알고 있습니다. 맨 처음으로 돌아갈 수는 없을 겁니다. 하지만 당장은 저 빛이라도 어떻게……”

여자의 시선이 애원하듯 휴를 바라보았다.

“안 될까요?”

“내가 뭘 어찌해야 하는지……”

“젠장, 무슨 뜻인지 정말 모르겠어요? 저 빌어먹을 빛이라도 사라지게 하란 말입니다.”

남자가 가까이 다가와 어깨를 붙잡았다. 그 강한 악력에 휴가 흠칫 몸을 떨었다. 미치도록 밝은 저 빛이 수백 개의 창이 되어 온몸에 날아와 꽂혔다. 쇠꼬챙이로 긁어대듯 머릿속에 강한 통증이 느껴졌다. 눈을 감자 서서히 숨이 막혀왔다. 끈적이는 슬라임 덩어리가 온몸을 휘감는 기분이었다. 휴가 수면에 올라온 잠수부처럼 거칠게 호흡을 내뱉었다. 힘겹게 눈을 뜬 곳에 여전히 하얗고 강한 빛이 사방에서 반짝이고 있었다.

*

"일시적인 공황 증상입니다. 잠시 안정을 취하면 사라지니 걱정하지 마세요."

그의 눈앞으로 익숙한 얼굴의 D가 다가왔다.

"회복실로 안내해드리세요."

그녀의 한마디에 기계음과 함께 캡슐 룸이 열렸다. 사람들이 가까이 다가와 휴의 머리에 연결된 뇌파 장치들을 제거했다. 깨질 듯한 두통이 사라지자 거친 호흡도 조금씩 안정을 되찾았다. 그가 어깨까지 들썩이며 긴 한숨을 내쉬었다. 환영처럼 거대한 시계탑이 눈앞에 아른거렸다.

좀처럼 몸의 떨림이 멈추지 않았다. 오한이 든 듯 추위가 밀려들었다. 그가 두 손으로 머그잔을 움켜쥐었다. 손바닥 가득 뭉근한 온기가 전해졌다.

"따뜻한 레몬차입니다."

D가 말했다. 휴가 천천히 레몬차 한 모금을 삼켰다. 떨림이 조금씩 잦아들었다.

"제가 본 것들은 다 뭡니까?"

어디서부터가 현실이고 어디까지가 가상 세계인지 알 수 없었다. 예약 날짜와 시간에 맞춰 이곳으로 왔을 뿐이었다. 간단한 혈액과 뇌파 검사를 한 뒤 캡슐 룸에 들어간 것이 마지막 기억이었다. 눈을 떴을 땐, 사방이 유리로 된 공간에 두 남녀가 있었다. D가 설명한 그 세계였다.

"바로 당신입니다."

D가 손끝으로 톡톡 자신의 머리를 건드렸다.

"정확히는 당신의 뇌 속이라고 봐야죠."

"그럼 내가 만난 그 사람들은?"

휴가 물었다. D가 빙긋이 미소 지었다.

"안내자라고 생각하시면 될 겁니다. 뇌세포들이라 믿어도 좋고요."

"그럼 시계탑은 뭡니까?"

D가 홀로그램 화면을 띄우자, 그 즉시 허공에 인간의 뇌 모형이 나타났다.

"시교차 상핵이라고 합니다. 바로 여기."

붉은 화살표가 뇌 한가운데를 가리켰다.

"이곳은 2만 개의 뇌세포, 즉 뉴런으로 구성되어 있습니다. 대략 천억 개의 뉴런으로 이루어진 뇌를 생각하면 뇌의 그리 많은 부분을 차지하고 있다고 볼 수는 없습니다. 다만 이 작은 공간인 시교차 상핵은 인간의 생물학적 시계라고 할 수 있죠. 인간의 하루 리듬을 관장하는 대표자라고 불러도 과언이 아닙니다."

그 뒤로 D의 입에서는 어렵고 복잡한 의학 용어들이 쏟아져 나왔다. 그녀가 설명을 멈추고 멍하니 앉아 있는 휴를 바라보았다.

"시교차 상핵은 시신경이 교차하는 지점에 있습니다. 간단히 설명하면 눈에서 들어오는 빛 신호에 민감할 수밖에 없죠. 그 신호를 토대로 일과를 계획한다고 볼 수 있습니다. 빛이 들어오니 아침이구나, 빛이 사라졌으니 저녁이구나. 물론 더 복잡하고 미세한 기능이 있지만 아주 단순하게는 이렇게 설명하는 게 좋겠군요."

"그럼 시계탑이 고장 났다는 뜻은……?"

휴의 질문에 D가 고개를 끄덕였다.

"어둠이 시작될 시간에 빛에 노출되고, 잠들어야 할 때 깨어 있다는 뜻이죠. 인간의 생체리듬과 생활이 완전히 어그러졌다는 의미가 됩니다."

그녀의 시선이 다시금 모니터로 돌아섰다.

"직업적 특성과 환경까지 강한 빛들에 장시간 노출되어 있습니다. 그에 비해 자연광, 즉 햇볕을 쬐는 시간은 거의 없죠. 필요한 빛은 사라지고 절대적인 어둠도 잃어버렸네요."

휴는 자신의 두 손을 내려다보았다. 창백한 손등 위에 파란 정맥이 도드라져 있었다. 마지막으로 햇볕을 쬔 게 언제인지 기억나지 않았다. 운동이라고 해봤자 늦은 저녁 짐에 가는 것이 전부다.

"그럼 공중에서 폭발하는 드론은 뭡니까?"

D가 팔꿈치를 세워 두 손에 깍지를 꼈다. 어떻게 설명할까 고민하는 모습이었다.

"샌드위치를 먹었는데 정확히 어떤 종류인지, 책을 읽었는데 무슨 내용인지 생각나지 않는다고 하셨죠?"

"……"

"드론에 실린 물품은 뇌에 들어온 새 정보를 상징합니다. 임시 저장 창고는 해마를 나타내죠. 해마에 남아 있는 기억 중 일부는 장기 저장소, 즉 뇌의 피질로 이동합니다. 그런데 그 기능이 원활하지 않은 겁니다. 해마에 새로운 정보를 담을 수 있는 공간인 단기 저장소가 절대적으로 부족한 거죠. 먹었던 음식, 읽었던 책, 들었던 음악이 바로 떠오르지 않는 이유 중 하나가 됩니다."

새로 저장할 수 없는 단기 정보들이 폭발하는 드론처럼 쉽게 사라진다는 뜻이었다.

"도시 곳곳에 남아 있는 노폐물들은 뇌 청소가 전혀 안 되어 있다는 증거입니다."

"뇌 청소?"

휴가 혼잣말처럼 읊조렸다. D가 키보드를 누르자 허공에 다시금 뇌 모형이 떠올랐다.

"우리 몸에는 림프계가 있습니다. 림프계의 여러 역할 중 하나가 몸에 들어온 노폐물과 불필요한 단백질 박테리아를 제거하는 것이죠. 노폐물 정화 시스템이라고 볼 수 있습니다. 다만 뇌에는 림프관이 없어요. 대신 뇌를 감싸고 있는 뇌척수액으로 노폐물을 씻어냅니다. 우리가 잠을 잘 때 뇌세포는 60퍼센트가량 줄어듭니다. 그때 세포 주위의 공간이 넓어지면 뇌척수액이 뇌 안의 노폐물을 씻어내는 거죠. 마치 집 안의 모든 가구를 한쪽으로 밀어놓고 구석구석까지 청소기를 돌리는 것과 마찬가지라고 보면 됩니다."

D가 짧은 한숨과 함께 말을 이었다.

"간단합니다. 이 모든 증상은 결국 잠이 부족하다는 뜻이니까요. 잠을 자야 그 세계가 원활하게 돌아갑니다. 비울 건 비우고, 채울 건 채우며 노폐물이 깨끗하게 청소되니까요."

"잠……이요?"

그녀가 크게 고개를 주억거렸다.

"생체리듬에 맞는 양질의 수면을 말합니다. 해가 뜰 때 일어나고 달이 뜰 때 잠자리에 드는……"

"그게 현실적으로 불가능하다는 거 아시잖습니까?"

휴의 귓가에 남자의 비아냥거림이 들려왔다.

'한 10년 정도 밀림에 갇히면 또 모르지. 일말의 희망이 생길지도.'

소행성과 충돌해 지구가 원시시대로 돌아가지 않는 한, 더는 일광과 월광에 의지해 인간이 살아갈 수는 없다는 의미였다.

"그렇다고 늘 밤새워 일하는 건 아닙니다. 주말이면 저도 충분한 수면을……"

"5일 굶었다 하루 잘 먹으면 충분한 영양이 공급될까요? 잠도 마찬가지입니다. 한꺼번에 몰아서 잔다고 생체리듬이 절대 좋아지지 않습니다. 인간처럼 시간에 민감한 종도 없죠. 정시에 출근해야 하고, 마감 시간은 하늘이 두 쪽 나도 지켜야 합니다. 그런데 정작 중요한 신체적 시간은 완전히 무시하고 잊어버리는 게 문제죠. 참 어리석은 생명체 아닙니까?"

D가 자조 섞인 미소를 내비치고는 말을 이었다.

"침실의 취침 등조차 시교차 상핵에 영향을 줍니다. 인간의 뇌는 아주 약한 불빛, 즉 8에서 10럭스만 되어도 밤에 분비되는 멜라토닌을 지연시키니까요. 옛날 백열등이 200럭스 밝기였습니다. 지금 기준으로 봤을 때는 한없이 어두웠던 빛이죠. 그런데 그 백열등 사용으로 멜라토닌이 50퍼센트나 억제되었다는 연구 결과가 나왔습니다. LED는……"

D가 휴의 눈앞에 검지와 중지를 들어 보였다.

"멜라토닌을 억제해 숙면에 악영향을 끼치는 일이 두 배 가까이 됩니다."

휴는 자신의 작업실을 머릿속으로 그려보았다. 가장 먼저 컴퓨터와 노트북, 태블릿이 떠올랐다. 협탁 위 스탠드와 핸드폰과 전자책도 차례로 스쳐 지나갔다. 밤이 찾아와도 꺼지지 않는, 아니 밤이 깊을수록 환하게 불타오르는 창밖의 세상과 아침이면 자동으로 펼쳐져 자연광을 차단하는 암막 커튼도 생각났다.

그의 귓가에 깊은 한숨이 흘러들었다.

"인간의 삶이란, 낡고 오래된 철길 위를 달리는 고속 열차와 같아요. 인간의 생체리듬은 정작 빠르게 변화하는 삶을 못 쫓아갑니다. 음식과 수면과 시간까지도요. 이대로 가다가는 결국 탈선할 수밖에 없겠죠. 낡고 오래된 철길이 고속 열차의 질주를 더는 견딜 수 없을 테니까요."

D가 등받이에 몸을 기대고는 휴를 바라보았다.

"몇 개의 숫자와 그래프 사진만으로는 몸속이 어떻게 파괴되어가는지 실감 나지 않을 겁니다. 그래서 직접 경험해보시라는 의미로 만든 가상 세계 프로그램입니다. 간과 심장, 허파와 위, 그 밖의 몸 곳곳이 어떻게 무너지며 변화되어가는지 오감으로 체험해보면, 확실히 다가오는 느낌이 다를 테니까요."

짙은 안개에 싸인 무기력한 도시는 조금씩 무너져 내리고 있었다. D의 말처럼 그곳은 낯설지만 분명 존재하는 세계였다.

"그럼 어떻게 해야 합니까?"

글쎄요? 하고 되묻는 눈빛으로 D가 차갑게 미소 지었다.

"그 세계가 원하는 걸, 할 수 있는 만큼 조금씩 시작하시면 됩니다."

지금까지의 삶을 송두리째 바꿀 수는 없었다. 현대인이 오직 해와 달에 맞춰 생활하기란 불가능했다. 그러나 암막 커튼 시간은 충분히 조정할 수 있었다. 하루에 단 10분이라도 햇볕을 쬐러 밖에 나가는 건 어떨까. 적어도 침대 위에선 종이 책을 읽어야 했다. 협탁 위 스탠드를 치워야겠지. 혹시 또 모를 일이다. 그 낯선 세계 속 짙은 안개가 서서히 걷히고, 드론이 무사히 착륙하며 도시의 폐기물이 깨끗하게 처리될지도……

'하지만 당장은 저 빛이라도 어떻게……'

여자의 간절함에 조금은 응답할 수 있을지도…… 적어도

빛의 폭격에서 그 세계를 지켜줄 수 있을지도 몰랐다. 휴가 두 다리에 힘을 주어 자리에서 일어났다. 동시에 D도 몸을 일으켰다. 그녀의 등 뒤로 태양이 하얗게 타오르고 있었다. 저 빛이 사라지면 하늘에 밤의 장막이 펼쳐질 것이다. 세상은 태양과 달을 잃어 훨씬 더 밝아졌고, 인간은 서서히 잃어버린 빛과 어둠을 갈구해나갈 것이다. 휴가 몸을 돌려 문으로 걸어갔다.

* 참고 자료
매슈 워커, 『우리는 왜 잠을 자야 할까』, 이한음 옮김, 사람의집, 2019.

라블레 윤의
마지막 영화에 관한 소고[1]

서윤빈

라블레 윤이 죽었다는 소식을 접했을 때 나는 그다지 놀라지 않았다. 그를 가까이에서 알았던 이라면 아무도 놀라지 않았을 것이다. 그는 열 편의 영화를 찍고 나면 자기는 생명이 다할 거라고 말하곤 했고, 그 열번째 영화가 바로 반년 전에 개봉했기 때문이다. 그는 자기 운명에 관해서만큼은 늘 옳았기에 그의 인생은 마치 만점짜리 시험지와 같았다. 오답이 하나도 없는 시험지는 이의 제기가 들어올 일도 없으므로 곧바로 폐기되며, 회고되지도 않는다.

'유고 작품'이라는, 영화 흥행에 도움이 되는 문구를 쓸 수 있었음에도, 라블레 윤의 마지막 영화를 담당한 배급사는 아무런 언론 보도도 띄우지 않았다. 『인터스텔라 타임스』에 짧은 부고가 한 줄 실린 게 내가 발견한 전부였다. 그러나 그 부고는 영화 홍보와는 아무 상관 없는, 소프트웨어가 자동으로 작성하는 수많은 기사 중 하나에 불과했다. 거기에는 나의 친구 라블레 윤이 어쩌다가 죽었는지조차 나와 있지 않았다.

그렇다고 내가 실망하거나 분노했다는 뜻은 아니다. 라블레 윤은 상이나 비평에는 전혀 관심이 없었고, 그에 화답하듯 평론가와 언론 역시 그를 무시했다. 만약 그가 죽은 다음

1 본 문서는 인터넷에서 발견된 것으로, 제목을 제외한 전문이 특수문자로 되어 있었다. 그런데 DeepL로 번역하자 놀랍게도 읽을 수 있는 결과물이 나왔다. 다음은 몇몇 매끄럽지 않은 번역을 교정하고 원고 이해에 필요한 내용을 주석으로 단 것이다.

에야 온갖 매체들이 앞다퉈 그를 다뤘다면 그건 의도치 않았다고 하더라도 코미디나 모욕처럼 보였으리라.

라블레 윤의 마지막 영화는 알파 켄타우리 중심부의 몇몇 독립 극장에서만 상영되다가 곧 내려갔다. 다른 항성계까지 퍼지는 건 고사하고 알파 켄타우리 변방에서도 그의 영화를 볼 수 없었다. 나는 그의 마지막 영화를 보기 위해 우주선의 경로를 한참이나 수정해야 했다. 그러나 고생이 무색하게도 그의 영화를 보는 건 솔직히 좀 민망한 경험이었다. 영화의 내용 때문이 아니라 관객 때문에. 나는 속깔끔 콜라[2]를 빨며 영화를 봤는데, 극장 안에는 나와 극장 직원 단 두 명만 둥둥 떠다녔다. 극장 직원은 내가 나가는 순간 상영관을 정리하고 쉴 것이라는 의지를 표하는 건지 아니면 라블레 윤의 영화를 보러 오는 별종의 얼굴이 궁금했던 건지 자꾸 나를 힐끔힐끔 돌아보았다. 그의 영화는 늘 그렇듯 난해했고, 나는 직원과 눈을 마주치지 않기 위해 많은 노력을 기울여야 했다.

알파 켄타우리 시간으로 몇 개월 뒤, 나는 한 장편영화 시상식에서 라블레 윤의 친구들을 만났다. 그들은 내 친구들이기도 했다. 우리는 예술과 소주[3]에 관한 특별한 취향을 공유하는 사이였다. 한때 고주망태라는 이름의 동인을 만들어보자는 진지한 논의가 오간 적도 있지만, 집세 때문에 모두 다

2 원문에는 '버진 코크'라고 적혀 있었다.

3 발췌한 부분에는 명시되어 있지 않지만, 그 소주의 이름은 '참이슬 이클립스'다. 통탄할 일이 아닐 수 없다.

른 항성계로 뿔뿔이 흩어지게 되면서 흐지부지되었다.

다들 예술을 포기하지 않았는지 나름대로 꾸몄는데도 몰골이 초췌했다. 시상식장 역시 30분 넘는 영화에 대한 수요는 이제 거의 남아 있지 않다는 걸 증명하듯 별로 차린 게 없었다. 지루한 기조연설이 끝난 후 봉준호 73세가 두 시간이 넘는 영화로 미련곰탱이상을 받았고, 판본용 II는 으악상을 받았다. 나는 원죄상에 노미네이트되긴 했지만 30년 넘는 커리어 동안 고집스럽게 장편만 쓰는 레이먼드가 있었기에 별 기대는 하지 않았다. 과연 원죄상은 그녀에게 돌아갔다. 누군가 상을 받을 때마다 두꺼운 우주복을 격식 있게 차려입은 사람들이 둥둥 떠다니며 박수를 쳤다.

시상식이 끝난 후에는 아무도 우리에게 관심을 주지 않았다. 우리는 늘 그렇듯 우리끼리 모여 앉았다. 축하는 길게 하면 오히려 우스꽝스러워지는 법이고, 다들 아직 예술을 하는 탓에 근황도 거기서 거기였다. 자연스럽게 라블레 윤 이야기가 나왔다. 죽음보다 극적인 근황은 없다. 나는 어느 작가가 썼는지 모를 구절을 읊었는데, 나중에 레이먼드는 그게 내가 쓴 문장이라고 알려주었다. 판본용 II는 라블레 윤이 만약 가르강튀아 윤이거나 팡타그뤼엘 윤이었더라면 상복이 좀더 있었을 거라고 농담했다. 판본용 II의 눈가에 작은 눈물 구슬이 잠깐 맺혔다가 환풍기에 빨려 들어갔다. 우리는 빨대로 소주를 빨았다. 요란한 추모를 하기에는 시간이 좀 많이 지난 후였다. 장례식은 끝난 지 오래였고, 그 장례식은 우리가 참석하기에는 너무 먼 곳에서 열렸다. 하지만 그게 잊기 충분한 거리였다는 뜻은 아니다. 우주는 시공간 직조물이다. 우리가 한데 모였다는 것과 라블레 윤을 기억하는 시간은 동의어다.[4]

—영화만 남기고 사라지기에는 아까운 친구인데.

봉준호 73세가 중얼거렸다.

—영화조차 곧 잊힐걸.

레이먼드는 귀가 밝았다.

—여기 맥주는 없나?

판본용 II는 벌써 취했다.

우리는 술기운에 라블레 윤을 기리고 싶어졌고, 시상식 뒤풀이에까지 남아 있던 몇몇 풍채 좋은 우주복을 설득해 회고 다큐멘터리 제작비를 받아내려고 해보았다. 하지만 그들은 처음엔 얘기를 들어주는 척하다가 결국 돈 한 푼 되지 않는 자기 무용담만 늘어놓기 일쑤였다. 우리가 그날 받은 상금은 다 합쳐도 영화는커녕 성간 통신 몇 번이면 거덜 날 정도밖에 안 되었다.

—돈 없이 영화를 찍을 수는 없지.

봉준호 73세가 무언가를 추억하듯 아련한 투로 말했다. 뒤이어 그는 어차피 라블레 윤이 병적으로 카메라 뒤에 있으려고 하는 사람이었기에 우리에게 그를 찍은 영상과 사진이 하

4 만약 이 글이 정말로 미래에 씌어진 것이라면 나는 어쩌다가 알지도 못하는 라블레 윤을 기억하게 된 것일까?

나도 없다는 사실을 지적했다. 우리는 각자의 박스[5]를 붙잡고 사진첩을 뒤져보았다. 봉준호 73세의 말이 옳았다. 그를 재현하는 데는 많은 돈이 필요할 뿐만 아니라 법적 문제도 있을 것이므로 어차피 기념 영화를 만드는 건 처음부터 불가능한 일이었다고, 우리는 서로 위로했다.

화장실에 숨어 불법 약물이라도 하고 왔는지, 판본용 II는 잠깐 자리를 떴다가 돌아온 뒤부터 벽에 붙은 은색 고리에 발을 걸고 오른손을 휘적거리며 지휘하는 척을 했다. 그의 집안 대대손손 내려온다는 주사였다. 그는 조상들처럼 자신도 클로드 드뷔시의 환생이라고 믿었다. 그동안 우리는 각자 생각에 잠겨 멀뚱멀뚱 창밖만 쳐다보았는데, 그게 라블레 윤에 대한 애도였는지 단지 판본용 II의 주사 때문에 민망해서 그런 거였는지는 잘 모르겠다. 창밖으로 혜성이 세 개 지나간 후, 봉준호 73세가 손가락을 튕겼다.

—하지만 돈 없이도 글은 쓸 수 있지.

그 말만은 귀신같이 알아들은 판본용 II가 우렁차게 가위바위보,라고 외쳤다. 나와 레이먼드가 반사적으로 손을 내밀었다. 나는 가위를 레이먼드는 보를 냈다. 레이먼드는 내가 이겼으니 라블레 윤을 기리는 영광스러운 글을 쓸 권리를 내게 넘기겠다고 말했다. 나는 나대로 바쁘다고 항변해보았으나 전부터 내심 레이먼드를 좋아하고 있던 판본용 II가 그녀

5 어깨나 팔꿈치에 스트랩으로 연결해 헬륨 풍선처럼 둥둥 띄워 데리고 다니는 기기인 듯하다.

의 편에 서고 봉준호 73세는 기권하는 바람에 라블레 윤에 관한 글을 쓰는 건 내 몫이 되었다.

그들은 라블레 윤에 관해 꼭 언급했으면 하는 이야기들을 내게 떠맡기고는 이튿날 각자의 항성계로 떠났다. 나는 글을 다 쓰면 그들에게 보내기로 했다. 퍼블리싱 프린트 시스템[6]에 등록할 돈은 없었기에 우리는 글을 항성 간 통신망에 업로드하기로 했다. 그러면 볼 사람은 어련히 알아서 보지 않겠느냐고 레이먼드는 낙관했다. 어쨌든 라블레 윤도 그렇게 하는 걸 더 좋아할 거라는 데는 아무도 이견이 없었다.

본 소고는 위와 같은 경위로 씌어지게 되었다. 미래 혹은 과거의 독자를 위해 타임스탬프를 남긴다. (알파 켄타우리 121년, 12월 23일. Y-AB 3.[7])

*

라블레 윤의 영화는 늘 엇갈리는 평가를 받아왔다. 그를 불세출의 천재로 평가하는 이들이 있는가 하면, 단지 허세에 가득 찬 늙은이 중 하나로 여기는 사람들도 있다. 원래 슈퍼스타라 함은 팬과 안티를 모두 열광시켜야 한다고 하지만 라

6 책을 데이터 형태로 판매하고 독자는 이를 프린트하여 읽는 방식. 3D 프린팅 도면 시장과 비슷한 것으로 보인다.

7 이것이 본문 속 '나'의 이름인지 모종의 코드명인지는 명확하지 않다. 해당 문구를 검색하면 수학 문제 솔루션과 중국산 전자 제품 판매 페이지만 나온다.

블레 윤의 경우에는 사안이 좀더 복잡하다. 그는 잘 알려지지 않은 감독이다. 라블레 윤에 관한 게릴라 설문 조사에서 그를 알고 있다고 답한 사람의 비율은 백 명 중 한 명꼴에 불과했는데, 그 한 명조차도 라블레 윤이 찍은 영화의 이름은 대지 못했다.

일반적으로 소위 '예술 감독'은 호의 넘치는 평가를 주로 받고 저평가는 침묵과 싸늘한 무관심으로 대체되기 마련이다. 라블레 윤은 그런 대중적 무관심 속에서도 꾸준히 러닝타임이 두 시간을 넘는 영화를 찍었고, 몇몇 영화사로부터는 '항성을 향해 카메라를 들이댈 권리'[8]도 받았다. 덕분에 우리는 그의 이름을 촬영감독 자리에 집어넣음으로써 마음껏 항성을 찍어댈 수 있었다. 사실 가장 안전한 방법은 그의 이름을 공동 감독으로 넣는 것이지만, 라블레 윤은 그것만큼은 죽어도 싫다고 거부했다.

그날 술을 마시면서 우리는 라블레 윤의 작품을 총체적으로 다룰지, 라블레 윤의 마지막 영화에 관해 다룰지를 이야기했다. 논쟁은 늘 그렇듯 흐리멍덩한 결론으로 끝났다. 마지막 영화를 중심으로 하되 그의 필모그래피에 관한 이야기를 잘 곁들여보자는 거였다. 나는 멍청한 클라이언트 앞에 선 프로젝트 매니저라는 말을 떠올렸으나, 그런 말을 했다가는 싸움이 날 것 같아서 입을 꾹 닫았다. 누구나 모이면

8 강한 광원에 카메라 렌즈가 직접 노출되면 광학 센서가 망가진다. 아날로그 카메라의 경우 필름에 불이 붙기도 한다.

멍청해지며 술은 그 멍청함에 핑계를 대기 위해 만들어졌다고, 라블레 윤은 자기 주량을 넘겼다 싶을 때면 술을 빼면서 그렇게 말하곤 했다. 그 기억을 가까이에서 보듯 선명해지자 어쩐지 좀 커닝당한 기분이 들었다.

집단적 의사 결정의 가장 큰 불행은 결정 과정이 어떻게 되었든 결정한 다음에는 그걸 따라야 한다는 데 있다. 그나마 다행스러운 점은 라블레 윤의 마지막 영화 「나는 엄청나게 밝아진다」[9]가 할 말이 많은 영화라는 점이다. 이제부터는 정말로 영화 얘기를 시작할 것이다. 강력 스포일러가 있으니 아직 영화를 보지 않은 이는 영화를 먼저 보고 글을 읽기를 권한다.

「나는 엄청나게 밝아진다」는 이상한 이야기다. 이 영화는 러닝타임의 90퍼센트에 가까운 시간 동안 알파 켄타우리 성운 어딘가에 홀로 떠 있는 우주선을 비춘다. 주된 등장인물은 셋인데 서로를 코드네임인지 별명인지 모를 호칭으로만 불러서 진짜 이름은 알 수 없다. 사실 그들이 하는 말조차 거의 알아들을 수 없기에 애초에 그들에게 이름이 있는지조차 불분명하다. 이런 식의 불분명한 이름과 알아듣기 어려운 언어는 라블레 윤의 영화에 반복적으로 등장하는 모티프인데,

9 해당 제목의 영화는 검색되지 않는다. 적어도 한국어, 일본어, 영어로는 그렇다. 움베르토 에코의 에세이에 따르면 유사한 구절을 가진 이탈리아 시가 있는 모양인데, 그것까지 찾아내기에는 내 가방끈이 짧았다. 어차피 뒤 내용을 볼 때 그 시가 무엇이었든 영화와는 별 상관 없었을 것이다.

이에 관해서는 나중에 자세히 설명하도록 하겠다.

인물들은 낡은 우주선을 수리하면서 지루한 항해를 이어 나간다. 그들이 어쩌다가 항해를 하게 되었는지, 무엇을 위해 항해를 하는지는 알 수 없다. 부조리극이야 유행한 지 워낙 오래되었으니 이야기 자체만 보면 사실 별로 특별할 것도 없다. 하지만 모든 신의 후경에 창을 둔다는 점은 조금 이상하다. 관객은 대화를 나누거나 이런저런 기기를 고치려고 애쓰는 인물들 너머로 계속, 코앞에서 보듯 선명히, 알파 켄타우리 성운의 모습을 볼 수 있다. 스크린에 가장 얼굴을 많이 비친 이를 주인공이라고 하는 소위 분량주의자들의 논리를 빌리자면 이 영화의 진짜 주인공은 알파 켄타우리라고 해도 무방할 정도다. 도대체 알파 켄타우리가 뭐라고 그런 집착을 보이는가?

영화 속 알파 켄타우리는 우리가 아는 모습과 사뭇 다르다. 패스트푸드점은 고사하고 편의점이나 간단한 엔진 숍도 없다. 워프 드라이브에 따른 빛다발이 없음은 물론이다. 알파 켄타우리는 먼 항성의 빛을 천체들이 반사하고 있을 뿐인 삭막하고 조용한 공간으로 묘사되는데, 이는 인류가 우주 개발의 전진기지로 알파 켄타우리를 활용하기 전의 모습이다. 그때는 고작 세 명이 탄 우주선으로 알파 켄타우리를 여행한다는 건 불가능했다. 적어도 내가 아는 우주개발의 역사가 사실이라면 말이다. 따라서 카메라의 알파 켄타우리 집착은 1차적으로 이 영화의 전제를 드러내기 위한 것이다. 극 중 배경이 우리에게 익숙한 우주가 아니라 실제 우주와는 수억 광년쯤 떨어진 다른 우주라고.

처음에 그 이질감은 가상의 역사를 채택하고 있나? 하는 의문일 뿐이지만, 관객들은 시간이 지남에 따라 「나는 엄청나게 밝아진다」의 세계가 어딘가 근본적으로 뒤틀려 있다는 걸 깨닫게 된다. 인물들은 아무렇지도 않게 우주선의 창을 활짝 열기도 하고 우주복 없이 우주선 밖으로 나가기도 한다. 당연한 이야기지만 그들은 외계인이 아니라 인간이고, 슈퍼 영웅 같은 건 더더욱 아니다. 라블레 윤은 물리법칙을 의도적으로, 아주 철저히 무시하고 있다. 이를 강조하기라도 하려는 듯 인물들은 우주선 밖에서나 안에서나 '걸어 다닌다'. 우주선 안에 발을 걸 수 있는 끈이나 벨크로, 손잡이 따위가 존재함에도 그들은 자연스럽게 몸을 밀고 다니지 않고 걷는다. 그건 우주선 밖에서도 마찬가지다. 그들은 우주 위를 걷는다. 심지어 머리카락이 제멋대로 휘날리기도 한다. 우주에 바람이 불기라도 한다는 듯이 말이다.

이런 연출을 위해 와이어가 동원되었다는 건 어렵지 않게 추측할 수 있다. 라블레 윤은 생전 사단법인 와이어액션협회로부터 스무 번이나 가입 권유를 받았다. 그가 이제는 아무도 쓰지 않는 와이어를 모든 영화 촬영에 사용했기 때문이다. 그러나 그 사실이 와이어 액션에 대한 라블레 윤의 애정을 드러내는 증거는 아니다. 라블레 윤은 사단법인 와이어액션협회의 우주복들과 자기 사이의 공통점은 와이어에 거부감이 없다는 점뿐이고 오히려 그것 말고는 전부 다르다고 헛웃음을 짓곤 했다. 그들은 여전히 2000년대 전후의 와이어 액션을 애호하는 취향의 늙은이라고, 라블레 윤은 첫 권유를 거절할 때 레이먼드에게 말했다고 한다. 레이먼드의 말에 따르면 라블레 윤은 그들의 가입 권유를 총 스물다섯 번 거절했다. 다섯 번은 미리 거절해둔 것이었는데, 모르긴 몰라도 덕분에 유족들은 입장을 정하기 꽤 편했을 것이다.

사담이 좀 길었다. 다시 영화 이야기로 돌아오자면, 지구 시대 영화에서 와이어 액션이 사용된 이유는 중력 때문에 구현할 수 없었던 환상을 구현하기 위해서였다. 하늘을 날아다니는 인물이나 벽을 '달리는' 인물(지구에서 이건 불가능한 일이었다), 빠른 속도로 튕겨 나가는 인물의 모습이 담긴 옛 액션 영화들이 바로 와이어 액션의 산물이다. 하지만 라블레 윤이 와이어로 하는 일은 정확히 그 반대다. 그는 '걷기'나 '앉기', '눕기' 같은 이 시대에서 보기에는 지극히 불필요하고 일견 우스꽝스러워 보이는 행위를 구현하기 위해 와이어를 썼다. 물론 걷기가 먼 과거, 인간의 기본적인 기능 중 하나이기는 했다. 지구에서는 $9.81m/s^2$라는 중력가속도가 물체의 질량에 비례해 작용했다. 그 시절 인간들은 지표면에 달라붙어 살았다. 위와 아래를 구분했고, 높은 곳과 낮은 곳을 따졌고, 앉고 걷고 누웠다. 그러나 이 중 오늘날 우리에게 익숙한 개념은 없다. 우리는 미끄러지고, 멈추고, 어떤 대상과의 거리에 따라 자기 위치를 파악하는 물리적 관계에 훨씬 익숙하다. 인류는 우주로 진출했지만, 거리에 관한 우리의 감각은 역설적으로 축소된 셈이다. 마치 다른 은하에 사는 사람들 사이의 거리가 너무 멀어서 이 시대에는 아무도 역사서를 만들 엄두조차 못 내듯이 말이다.

문제는 우주 공간을 지구처럼 누비는 인물들을 영화에 명시적으로 드러나는 단서만으로는 해명하기 곤란하다는 데 있다. 영화 속 세계가 법칙을 일관되게 드러내지 않기 때문이다. 물리학적으로 생각할 때, 우주에서 걸어 다닐 수 있다면 우주선은 우주를 항해할 수 없다. 보이지 않는 바닥에 부딪혀서 산산이 부서져버릴 것이 뻔하다.[10] 따라서 알파 켄타우리에 대한 카메라의 집착은 이에 관한 한 가지 해석을 제안하는 역할도 겸한다. 바로 그 기묘하게 뒤틀린 물리법칙이 알파 켄타우리의 주체적 의지에 따른 현상이라는 해석이다.

알파 켄타우리의 주체성을 이해하기 위해 우리는 이 영화가 무엇에 관한 것인지를 생각해볼 필요가 있다. 앞서 나는 이 영화가 시간적 배경이 불분명한 알파 켄타우리 성운 어딘가에서 우주선을 타고 항해하는 세 명의 우주인에 관한 것임

10 원문에는 이 뒤로 우주에서 걷는다는 것의 의미가 무엇인지에 관한 길고 현학적인 고찰이 열여섯 페이지가량 있었다. 그러나 내가 보기에 그 내용은 한마디로 요약 가능한데, 말하자면 '나도 잘 모르겠다'이다. 저자 역시 그 사실을 인지하고 있는지 이 내용은 술에 취한 판본용 II가 꼭 넣어야 한다고 바득바득 우기는 바람에 썼다고 밝히고 있다.

을 밝혔다. 말하자면 로드 무비인 셈인데, 로드 무비에서는 언제나 인물들이 어디로, 왜 가고 있는지가 가장 중요하다.

시도 때도 없이 고장 나는 우주선을 수리하고, 위성의 잔해를 치우고, 아무도 없는 천체에 착륙해 그나마 쓸 만해 보이는 자원들을 우주선에 가지고 들어와 뭐라도 키우려고 노력하는 인물들이 결국 마지막에 도착하는 곳은 식물들이 자라고 있는 한 행성이다. 대안적 지구 혹은 제2의 지구라고 해도 좋을 만한 가상의 행성에 도착한 그들은 우주선에서 내려 행성을 한 바퀴 돌아보고, 땅을 갈아본 다음, 우주선을 분해한다.

인물들이 애쓰는 동안 카메라는 다시 딴청을 피운다. 행성에 도착하기 전에는 인물들 뒤의 알파 켄타우리를 포착하던 카메라가 마지막 장면에 이르러서는 인물들을 넓게 혹은 좁게 비추면서도 집요하게 우주선을 의식한다. 우주선은 화면 한구석에 늘 있으며, 아주 잠깐씩 화면을 벗어날 때조차 화면에 그림자를 드리운다. 그 마지막 장면이 인류의 여명기를 재현하려는 시도가 아님을 명확히 하려는 의도가 느껴지는 연출이다. 굳이 따지자면 「스페이스 오디세이 2001」이 생각나기는 하지만,[11] 아카식 레코드의 USB쯤으로 여겨지는 가상의 구조물인 모노리스와 달리 영화 속 우주선은 아주 정체

11 하지만 저자의 서술을 볼 때, 소위 '우주 시대'에는 OTT와 같은 서비스가 존속하기 어려워 보이는데, 그 영화들은 어디에 어떤 형태로 남아 있는 걸까?

가 명확하다. 「나는 엄청나게 밝아진다」의 우주선은 굳이 따지자면 20세기 유럽권 SF 영화에 종종 등장하던 인간 중심의 우주선이다. 어떤 로봇도, 인공지능도 인물들의 항해를 돕지 않는다. 가장 간단한 항법 장치조차 계산을 자동으로 수행하지 않고 인간이 일일이 조정해야 한다.[12]

이쯤에서 영화의 의미심장한 오프닝 시퀀스를 다시 소환해보자. 「나는 엄청나게 밝아진다」는 우선 태양을 비추며 시작한다. 코로나가 주기적인 폭발을 일으키는 그 붉은 항성의 모습을 비추는 걸로 자랑을 하려는 것이 아니라면(기억하시라, 그는 항성에 카메라 렌즈를 들이댈 권리를 가진 몇 안 되는 감독이다. 물론 그런 권리를 원하는 감독의 수가 그렇게 많지 않다는 사실을 짚고 넘어가지 않을 수는 없겠지만) 점점 카메라가 멀어지면서 태양계를 떠나 알파 켄타우리로 옮겨 가는 움직임은 모종의 이관을 시사하는 걸로 읽힌다.

우주개발 초창기에는 우주 향수병이라는 것이 있었다. 태양계를 떠나 다른 항성계에 도착한 이들에게는 원인을 알 수 없는 오한과 끊임없는 졸음, 갑작스러운 기절 따위의 증상이 나타나곤 했다. 처음에는 이것이 알파 켄타우리가 유발하는 병리적 현상으로 치부되었다. 하지만 알파 켄타우리가 아니라 다른 항성계에서도 유사한 현상이 발생하면서 사람들은 이것이 다른 항성계 때문이 아니라 태양계를 떠난 탓에 생기

12 궁금한 독자는 「이카리 XB-1」이나 「고요한 행성」 등을 참고할 것.

는 일이라는 사실을 알게 되었다. 태양계에 있는 것은 중력과 햇볕만이 아니다. 물리적인 차원을 넘어선 어떤 영역에서도 인간은 태양계에 속해 있었던 것이다. 우주 향수병은 우주 1세대 안에서는 해결되지 못했다. 태양계 밖에서 태어나 태양계에서의 기억이 전혀 없는 아이들에게는 그런 증상이 전혀 나타나지 않았기에 이름만 남긴 채 자연 소멸한 것뿐이다. 물론 한동안은 그 여파로 아이가 어릴 때 최대한 이사를 많이 다녀서 이를 예방하자는 움직임도 있었으나 그러지 않은 아이들도 우주 향수병을 겪지 않는다는 사실이 알려지면서 그 움직임도 천천히 사그라들었다.

이와 같은 역사를 기억할 때, 알파 켄타우리로의 이관은 종래 태양계와 초물리적으로 연결되어 있던 인간들이 알파 켄타우리와 새로이 연결되었다는 의미가 된다. 태양계가 인간에게 발휘하던 영향력은 알파 켄타우리로 옮겨 갔고, 알파 켄타우리는 그 힘의 주체가 되어 뒤틀린 우주를 구성했다. 걸을 수 있는 우주를.

지구 세기 인류 문명의 빛과 어둠은 모두 태양으로부터 비롯되었다. 지표면에 도달하는 174PW(Petawatts)의 에너지가 식물을 키우고, 건물을 짓고, 인간을 생각하게 하고, 로켓과 아랍인을 쏘게 한다. 이런 아이디어를 받아들인다면 「나는 엄청나게 밝아진다」의 여행은 집에서 출발해 집으로 돌아오는 여정의 변형으로 볼 수도 있다.

집에서 출발했다가 집으로 돌아오는 이야기는 아주 오래

된 신화들에서 기원한다. 영웅 서사. 평온한 일상에서 출발해 일상이 파괴되고, 임무를 수행해 보답과 명예를 얻고, 집으로 금의환향하는 이야기들. 이런 유형의 이야기들에 공통적으로 존재하는 것은 회복이다. 여정에서 무언가를 깨닫거나 성취했기 때문에 파괴되었던 집이 회복된다. 이 영화에서도 마찬가지로 우리는 인물들의 집이 어째서 파괴되었고, 그들이 이 여정에서 무엇을 얻었는지를 살펴보아야 한다.

그런데 알파 켄타우리를 향해한 끝에 새로운 행성에 착륙하면서 인물들은 무엇을 회복하는가? 가장 쉽게 떠오르는 대답은, 아무것도 없다는 것이다. 이는 영화 마지막의 그 황량한 장면, 우주선을 자기들 손으로 파괴하고 행성을 처음부터 일구는 것에 아무런 이의도 제기하지 않는 인물들에 의해 극대화된다. 하지만 아무것도 없다는 것과 아무것도 얻지 못했다는 것은 같은 말이 아니다. 도대체 지구, 그러니까 그들의 원래 집에 무슨 일이 일어났기에 그 황량한 폐허가 그들이 되찾은 집이 될 수 있단 말인가?

지구의 역사는 대부분 항성계의 의무교육에 포함되어 있으니 인류가 우주로 나간 이유를 고루하게 줄줄이 읊을 필요는 없을 거라고 믿는다. 영화 속 뒤틀린 우주에서도 그 이유들은 여전히 유효하다. 지구가 아직 살 만했더라면 아무도 지구를 떠나지 않았을 테니까. 다만 한 가지 다른 점이 있다면 라블레 윤이 역전시킨 물리법칙에 따라 지구에 펼쳐진 디스토피아의 정체는 무중력 공간일 것이라는 점이다.[13] 즉, 인물들은 계속 집 안에 있었을 뿐인데 그곳이 집 밖이 된 셈이다. 그렇다면 오프닝 시퀀스에서부터 인물이 아니라 태양을 비추고, 그 이후에도 끊임없이 후경을 의식하는 카메라의 태도도 이해할 수 있다. 인물들이 산책의 방식으로 지구를 이해하고자 했다면 지루하고 무의미해 보이기까지 하는 바깥 풍경이야말로 그들에게 가장 필요한 것이자, 그들의 시련이다. 게다가 앞선 논의에서 보인바, 이미 알파 켄타우리는 인류의 새로운 집이므로 인물들은 모험을 한 것이 아니라 오히려 집이 인물들에 선행하는 것으로도 볼 수 있다. 그렇다면 인물들은 영화가 끝나는 시점에서도 아직 여행 중인 셈이다. 도착할 수 없게 된 집을 향하여. 걸음을 멈추는 방법을 찾기 위하여.

우리는 또한 빛과 시간, 스피드에 관해서도 이야기해야 한다. 스피드는 라블레 윤 영화의 가장 오래된 테마 중 하나이자 그에 관해 이야기할 때 빼놓을 수 없는 키워드다. 좀 오래된 영화지만 잠깐 그의 입봉작 「봄이라고 불렀던 계절」에 관해 이야기해보자. 이 영화는 라블레 윤의 영화 중 가장

13 여기에서 보이는 논리적 비약은 내가 내용을 다소 들어냈기 때문만은 아니다. 작가는 라블레 윤의 영화를 모두 본 것으로 추측되는데, 이전 라블레 윤의 영화에 그와 같은 모티프가 자주 활용되었기 때문에 자신도 제대로 인지하지 못한 비약이 발생한 걸로 보인다. 마치 우리가 디스토피아에 관해 이야기할 때면 무의식적으로 『1984』나 『멋진 신세계』를 언급하고 싶은 욕망을 느끼는 것처럼 말이다.

큰 주목을 받았다. 요즘 거의 볼 수 없는 레이싱 영화였기 때문이다.

사람들이 레이싱에 흥미를 잃은 이유는 명확하다. 달리기나 카레이싱, 경륜 등 스피드를 겨루는 모든 경기의 본질은 속도 그 자체가 아니다. 단순히 속도만으로 재미가 결정되었다면 육상보다는 경륜이, 경륜보다는 경마가, 경마보다는 카레이싱의 팬층이 더 두꺼웠어야 한다. 하지만 지구 시대 기록을 살펴보면 카레이싱의 인기는 경륜(혹은 투르 드 프랑스로 대표되는 자전거 대회)과 비슷하고, 경마가 그 뒤에 바싹 붙어 있는 형태였다. 육상 역시 그들 중 유일한 올림픽 스포츠라는 강점에 힘입어 크게 뒤처지지 않는 인기를 누렸다. 이런 기록들은 레이싱이 단순한 스피드 게임이 아니라는 사실을 명확히 보여준다.

레이싱의 진정한 재미는 그 한계에서 비롯한다. 스포츠카가 아무리 발전해도 도달할 수 없는 속도가 있다. 커브에서는 원심력 때문에 최대 가속을 할 수 없다. 과열된 엔진을 식히고, 타이어를 제때 갈지 않으면 차가 폭발할 수도 있다. 달리기나 경마에는 말할 필요도 없이 넘어지거나 부딪히는 것이 문제가 된다. 그런데 우주선의 경우 그런 한계들이 거의 적용되지 않는다. 우주 공간에는 위험 요소라고 할 것이 거의 없다. 워프 드라이브는 그 구조상 모든 우주선이 같은 속도로 시공간 구조의 최단 경로를 따라 운행한다. 그러니까 우주선의 비행은 위험천만한 중력 아래에서의 속도가 아니라 말하자면 강을 따라 흘러가는 흐름 같은 것이다. 그 속도는 카레이싱에 비해 비교도 안 되게 빠르지만, 그 누구의 흥미도 유발하지 못한다. 게다가 우주의 80퍼센트는 눈에 보이지도 않는 암흑 물질과 암흑 에너지[14]로 채워져 있기 때문에 속도감을 느끼기 위한 장애물도 없다. 광속이란 한계는 돌파할 엄두도 나지 않고 돌파할 수도 없는 것이니 더더욱 그렇다. 우주의 제한 속도가 엄숙히 선포된 셈이다. 너희들의 미약한 스피드 게임은 끝났다. 너희는 이제 다 컸으니 그런 유치한 놀이는 그만두어라.

라블레 윤은 모든 종류의 권위주의에 반대하는 사람이었고, 그가 맞서 싸운 대상은 인간과 인간이 만든 시스템에 한정되지 않았다. 그는 우주에서는 소리가 들리지 않는다는 관념에 맞서 우주에서 오케스트라 경연 대회를 하는 영화를 찍었고, 우주에서 걸을 수 있는 영화를 찍었고, 빛의 속도보다 빠르게 날 수 있는 우주선이 나오는 영화를 찍었다. 「봄이라고 불렸던 계절」 역시 그중 하나였다.

영화에는 두 남성이 등장한다. 둘은 라이벌이면서 협력 관계다. 한 남성은 마치 모래 행성에서 담금질되기라도 한 듯 시종일관 거칠게 군다. 그는 우주복과 돔, 우주선을 모두 답답해하는 사내다. 그의 바람은 맨몸으로 우주를 거니는 것이다. 한편 다른 남성은 아주 왜소하고 소심하다. 그를 불타오

14 암흑이라는 말은, 물리학자들이 잘 모르는 대상에 관해 아는 척할 때 붙이는 말이다.

르게 할 수 있는 것은 오직 하나, 광속이라는 우주의 속도 제한을 위반하는 것이다. 그는 편식하는 아이처럼 포톤 드라이브와 시공간 물리학에만 열중하고 다른 것에 관해서는 거의 문외한에 가깝다. 두 남자는 우연히 한 패스트푸드점에서 만나게 되고, 상대가 만만치 않은 괴짜임을 한눈에 간파한다. 두 남자의 광증 때문에 그들의 유치한 의기투합은 경쾌하기보다는 위험천만하고 아슬아슬해 보인다. 이제 와 생각해보면 두 인물은 라블레 윤의 성격을 둘로 나눠놓은 결과물 같기도 하다. 그의 파괴적인 충동과 그걸 억제하는 계산과 이론. 그 결과물이 그의 영화들이었고, 그런 면모로 인해 그는 자기 작업물보다 흥미로운 몇 안 되는 예술가 중 하나였다. 그는 영화로 만들려는 질문들을 실제로 던지곤 했고, 그 답을 찾기 위해 자기 몸으로 실험하는 것에도 거리낌이 없었다. 그의 영화는 언제나 자기 질문이 부딪힌 막다른 벽에서 다시 출발되었다. 가령 「봄이라 불렸던 계절」을 찍을 때, 그는 다음 질문에 부딪혀 코가 깨졌다.

광속에 거의 근접하게, 라플랑주 디그리를 넘은 속도로 비행하면 어떻게 될까?

물리학 이론에서는 물질이 붕괴해버린다고 설명한다. 그러나 이론과 그에 따른 실험은 모두 작은 입자들을 대상으로 한 것일 뿐이다. 진짜 사람이 '어떻게 느낄까'라는 질문에 과학자들은 말할 수 없다는 듯 침묵해버리곤 한다. 그 정도 속도가 나면 이미 죽어서 아무것도 느끼지 못하지 않겠느냐는 것이 그들이 내놓는 궁색한 답변 전부다. 두 인물은 바로 그 침묵에 도전한다. 거친 남자는 그것이 우주 공간에서 나신으로 있을 유일한 방법이라고 믿으며 가속을 견디는 훈련을 한다. 왜소한 남자는 경로를 계산한다. 그런 비행을 위해서는 중력을 최대한으로 이용해야 한다.

영화의 하이라이트이자 가장 뛰어난 장면은 거친 남자가 마침내 라플랑주 디그리를 넘는 속도로 우주 공간을 가로지르는 순간이다. 그 장면은 아주 현실적이면서도 환상적으로 처리되어 있다. 상대성이론에 따라 광속에 가까운 속도로 상대운동을 하는 두 대상 사이에는 시간 지연이 발생한다. 화면은 우주선에 탄 남자의 시점 숏과 남은 남자의 시점 숏을 오간다. 노인이 된 두 남자는 젊은 상대방을 바라본다. 둘의 시간은 무한히 멀어지는 듯하면서도 긴밀히 연결되어 있다. 단 한 번의 우주비행. 그 결과를 보기 위해 남겨진 남자는 평생을 기다린다. 떠난 남자는 반환점을 돌아 빠르게 지구로 되돌아온다. 그전까지는 거의 멈춘 것처럼 보이던 지구가 뒤처진 속도를 따라잡기라도 하려는 듯 맹렬하게 회전하고, 마치 빛으로 된 구체처럼 모호하고 신성한 모습으로 변한다. 한편 남겨진 남자는 쏜살같이 떠난 거친 남자가 지구를 목전에 두고 망설이는 모습을 본다. 남자는 도저히 가까워지지 않는다. 그는 떠난 남자가 망설이고 있다고 생각한다. 마지막에 가서야 두려움에 사로잡혔다고 믿는 것이다. 이때 카메라는 아주 조금씩 후퇴한다. 망원경만 바라보는 남겨진 남자의 눈에서 벗어나 주변의 텅 빈 공간이 드러나고, 관객들은 문득 여태 본 것들이 전부인가, 하는 의문에 직면한다. 빛과 스피드에 관해서만 논하는 이 영화는 두 남자의 인생에 관해 아무것도 알려주지 않았던 것이다.

「봄이라고 불렸던 계절」은 끝내 가까워지지 못하는 두 남자의 모습을 오가다가 천천히 화면을 전환한다. 그리고 지구에 작은 운석이 하나 떨어지는 황량한 장면을 비추며 끝난다. 그 운석은 두 남자의 우주선이었다고 하기에는 너무 작고 아무런 특색이 없다. 관객은 그 마지막 장면이 실패를 뜻한다고 해석하고 싶어 하는 자기 마음과 사투를 벌여야만 한다. 카메라가 그것이 그들의 우주선이 아니라고 못 박고 있기 때문이다.

이쯤에서 혹자는 모든 논거를 카메라와 화면에 의존하는 내 태도에 의문을 표할지도 모르겠다. 당연하다면 당연한 것이, 영화가 어떤 예술인지에 관해서는 아직도 논란이 분분하다. 누군가를 영화는 시간의 예술이라고 주장하고, 누군가는 영화를 종합 감각 예술이라고 주장하며, 또 다른 누군가는 영화를 관음의 예술이라고 주장한다.[15] 라블레 윤은 영화를

15 이에 관한 구체적인 논의를 위해서는 20세기 초의 조르주 멜리에스부터 이야기해야 한다. 하지만 그건 너무 고단하고 고루한 작업이 될 것이므로 여기에서는 인간이 우주를 누비는 동안에도 이런 케케묵은 논쟁이 이어지고 있을 거라고 상상할 수도 있다는 데 감탄하는 걸로 만족하자.

빛의 예술이라고 믿었다. 앞서 라블레 윤의 영화에는 불분명한 이름과 알아듣기 어려운 언어가 반복적으로 등장한다고 했던 것을 기억하는가? 놀랍게도 그는 영화를 빛의 예술이라고 믿었기 때문에 그런 모티프를 썼다. 그는 대학생 때부터 어차피 카메라가 인물을 비추고 있으므로 이름 없이도 인물들을 다 구별할 수 있는데 왜 인물에게 이름이 필요한지 모르겠다는 말을 하곤 했다. 동기들은 그에게 이름을 부르는 행위가 가진 상징성과 이름을 통해 캐릭터를 구축할 수 있다는 점, 화면 밖에서도 인물을 부를 수 있다는 점을 상기시키며 그를 설득하려 했다. 그중 하나가 봉준호 73세였는데, 그에 따르면 라블레 윤의 영화는 그 당시에도 지금과 정확히 똑같은 평을 받았다고 했다. 불세출의 천재이거나 허세로 가득 찼다고.

남들이 뭐라고 하든 라블레 윤은 화면만으로 모든 걸 드러내지 못하고 말로 해야 하는 영화는 세련되지 않다며, 인물에게 이름이 꼭 필요하다면 그 영화는 이미 망한 거라는 의견을 굽히지 않았다. 대학 시절 라블레 윤의 유일한 친구였던 봉준호 73세는 알겠으니 만약 감독이 된다면 제발 공식석상에서는 그런 말을 하지 말라는 약속만 간신히 받아냈다고 한다. 그 덕분인지 아니면 철이 들어서인지는 몰라도 훗날 「봄이라 불렸던 계절」로 입봉한 라블레 윤은 자기 영화관에 관해서는 입도 뻥끗하지 않았다. 심지어 몇몇 기자나 평론가가 이에 관해 콕 집어 질문할 때조차 그는 깨달음을 얻은 사람처럼 부드러운 미소만 흘릴 뿐이었다.

라블레 윤의 영화는 열 편이 되었고, 이제 우리는 그가 빛에 대해 가졌던 태도를 좀 짐작해볼 수 있을 것도 같다. 그가 하고 싶었던 건 어쩌면 처음부터 단 하나뿐이었는지도 모른다. 빛의 독재, 그러니까 시공간에서 해방되는 것. 앞서 공간에 관해서는 충분히 이야기했으니 글의 남은 분량은 시간에 할애해보겠다.

우리는 시간 속에 살고 있으므로 시간을 하나의 대상으로 파악할 수 없다. 그리고 당연한 얘기지만 영화는 시간을 직접 표현할 수 없다. 시간은 화면이 진행되는 데 필요한 당연한 전제이거나 사건이 비는 시간에 의식하게 되는 잔여물 같은 것이다. 그럼에도 영화가 시간을 표현하기에 가장 좋은 매체임에는 이견의 여지가 없다. 육감을 개발한다고 몸에 이런저런 센서를 덕지덕지 붙여대는 사람들 말고는 아직도 인간의 감각기관은 오감에 한정되고, 영화와 게임은 현재까지 고안된 매체 중 가장 포괄적으로 감각에 접속한다.

과거부터 영화는 얼마든지 시간을 비틀고, 꼬집고, 잘라왔다. 피에르 메나르(b5)[16]는 자신의 영화 「메멘토」에서 시간을 역순으로 배치했고, 「덩케르크」에서는 세 개의 시간대를 오간다. 그러나 그와 같은 연출은 기술적인 것에 불과할 뿐 관객이 시간을 인식하는 방법까지 바꿔놓지는 못한다. 타임

16 그의 조상에 관해서는 호르헤 루이스 보르헤스의 「피에르 메나르, 『돈키호테』의 저자」를 참고할 것.

라인이 아무리 뱀처럼 똬리를 틀고 있다 하더라도 관객은 사건들을 인식한 후, 시간의 흐름에 따라 재배열하는 방식으로 영화를 이해한다.

라블레 윤은 사건의 연쇄를 파악하는 것은 이해와는 아무런 상관이 없다고 생각했다. 그의 영화들에는 늘 언제 어떻게 일어났는지 모를 사건들이 틈입되어 있었고, 그것들을 알맞은 시간대에 배치하려는 노력은 그의 영화를 방해했다. 어차피 짜맞추고 난 후에도 이야기는 이해되지 않고, 오히려 화면에 온전히 집중하지 못할 뿐이기 때문이다. 이에 관해 한 평론가는 "실수로 영화를 반대로 상영해도 관객은 알아차리지 못할 것"이라고 쓴 적이 있다. 그는 그 이후로 다시는 라블레 윤에 관해 쓰지 않았지만, 이제 와서 보면 아이러니하게도 되감기야말로 라블레 윤의 영화를 이해하는 가장 훌륭한 키워드다. 마치 정상 상태 우주론에 반대하는 일군의 과학자들을 비꼬기 위해 쓴 빅뱅이라는 말이 그들이 내세우던 새로운 우주론의 이름이 된 것처럼 말이다.

되감기는 영화 초창기에서부터 사용된 연출 기법이다. 화면을 되감으면 관객은 '실제로' 시간이 역행하는 모습을 본다. 그러나 되감기를 사용한 연출 기법은 인물들의 움직임을 우스꽝스럽게 만들고, 그래서 지구 시대에는 「퍼니 게임」 같은 특수한 영화들을 제외하면 대부분 코미디 영화에서나 사용했다. 어쨌든 되감기를 하는 것으로 생기는 효과는 두 가지다. 하나는 시간이 역행하는 모습을 직접 보여줄 수 있다는 것이고, 다른 하나는 관객들이 스크린 밖에서 시간을 되감는 주체를 상정하게 된다는 것이다. 코미디라는 부산물을 적절히 통제해낼 수만 있다면 말이다.

이에 관해 라블레 윤이 찾아낸 대답이 바로 그의 마지막 영화다. 지구 시대 영화들에서 되감기가 어색했던 이유는 중력 아래에서는 '걷기'에 다양한 근육들의 복잡한 움직임이 수반되기 때문이다. 인간은 걸을 때 온몸의 근육을 썼다. 부드러운 움직임을 위해 다리와 몸통뿐만 아니라 팔과 머리까지 모두 동원된다. 근육과 관절이 밀고 당기며 뒤틀린다. 되감으면 어색해 보일 수밖에 없다. 그런데 우주 공간에서 몸을 밀고 당기는 것으로 떠다니는 사람들은 단순한 작용반작용의 법칙에 따라 움직인다. 운동에 관여하는 동작이 한 가지밖에 없으므로 되감아도 크게 어색하지 않다.

되감기까지 상정하면 우리는 라블레 윤이 영화 내내 보여준 우주 공간에서의 서사가 되감기된 것인지 아닌지 판단할 방법이 없다는 것을 알게 된다. 「나는 엄청나게 밝아진다」의 마지막에 우주선을 분해하는 등장인물들은 어쩌면 사실 우주선을 조립하고 있는 것이고, 이 영화는 그들이 지구로 되돌아가는 여정에 관한 것인지도 모른다. 그래서 인물들이 걸어야 했고, 영화가 정방형 대칭이 아니라 좌우대칭이어야 했는지도 모른다. 정방형에는 방향이 없지만 좌우대칭에는 명백한 방향성이 있다. 과거와 미래처럼, 혹은 기억과 여행처럼.

물론 지구 시대 영화의 대칭성과 이 시대의 대칭성은 엄밀

한 의미에서 같지 않다. 그 시절의 대칭성이란(물론 상하 대칭이 없었던 것은 아니지만) 엄밀히 말하면 좌우대칭을 일컫는 말이었다. 하지만 요즘 영화관들이 감히 관객들을 지구시대 영화관에서처럼 객석에 얌전히 앉혀놓을 수 있을까? 적어도 라블레 윤 이전에는 아무도 그런 용기를 내지 않았다. 현대 영화감독은 어떤 각도로 봐도 되도록 정방형의 대칭성을 추구한다. 몇몇 특수한 장면을 제외하면 관객들은 자기가 맞는 방향으로 영화를 보고 있는지 알 수 없고, 알 필요도 없다. 원래 사람들이란 제멋대로 뒤집혀서 날아다니기 마련이 아닌가.

라블레 윤이 영화에서 재현하고 있는 대칭성은 과거의 그것과 유사하다. 마치 이 영화를 보기 위한 특정한 '자세'가 있다는 듯이 말이다. 그래서 마니아 중에는 벽에 등을 대고 누워서, 마치 꿈을 꾸는 듯한 자세로 영화를 보는 이들도 있다고 한다. 애호가들은 이걸 낭만이라고 불렀고, 늘 그렇듯 나머지는 그들을 미친놈 취급했다.

나는 방향을 맞추지 않고 그냥 한 번 봤고, 뭔가 이상한 뒷맛 때문에 다시 볼 때는 이리저리 돌아 맞는 방향을 찾아서 봤다. 사실 그렇게 어려운 일은 아니었다. 인물들이 어디에 발을 대고 걷는지를 보면 된다. 인물들은 종종 거꾸로 걷거나 걸을 수 없는 곳을 걷기도 하므로 결국 어느 방향이 맞는지를 알아낼 수 있는 건 마지막 장면 혹은 첫 장면에 가서이다. 그들이 행성에 착륙한 후에 발을 대고 있는 곳이야말로 명백한 연직 방향이다. 인물들이 걷기 시작하는 순간, 영화는 시작하거나 끝난다.

누구에게나 신속한 정의

장강명

"며칠 전 대학에서 강연을 했는데 한 학생이 '지연된 정의는 정의가 아니다'라는 홍보 문구가 너무 멋지다, 그런 카피를 어떻게 지어냈느냐고 질문하더라고요. 그래서 '그 문구는 제가 신속한정의를 창업하기 전부터 사람들이 많이 쓰던 말이에요' 하고 대답해주니 무척 놀라는 눈치였습니다. 많이들 마틴 루서 킹의 말로 알고 있죠. 하지만 그 전에 윌리엄 이워트 글래드스턴도 같은 말을 한 적이 있어요. 글래드스턴도 원조는 아닐 거예요."

바로 그 문구 아래서 이세아 신속한정의 대표가 말했다. '지연된 정의는 정의가 아니다'라는 문장은 신속한정의 사무실 곳곳에서 볼 수 있으며, 이세아 대표의 자리 뒤에도 걸려 있다. 마틴 루서 킹의 흑백사진 아래 멋진 영문 필기체로 적혀 있다. 이세아 대표의 팔에 문신으로도 새겨져 있다.

"하지만 벽에는 글래드스턴이 아니라 킹의 사진을 거셨군요"라고 묻자 이 대표는 "슬로건이니까요"라고 대답했다. "슬로건의 목적은 사실을 설명하는 게 아니라 인식을 바꾸는 거예요. 그리고 글래드스턴보다 킹이 더 유명해요." 그녀가 덧붙였다.

2000년생인 그녀는 (분명 안티에이징 시술을 몇 차례 받았을 테지만) 도저히 그 나이로는 보이지 않는 굉장한 동안이며, 몸에는 군살 하나 없다. 눈동자로는 물론이고 머리카락이나 어깨, 손등으로조차 앞에 앉은 상대방을 쏘아보는 듯한 박력이 있다. 지난해에는 한 보디 피트니스 대회 시니어부에서 비키니 부문 2위를 차지하기도 했다.

"창립 때부터 그 문구를 저희 회사 슬로건으로 삼았고, 회사 이름도 거기에서 나온 거죠. 그 슬로건도, 회사 이름도 한 번도 바꾼 적이 없어요. 로고는 몇 번 바꿨지만요. 회사 이름을 말하는 사명社名이랑 맡은 임무라는 뜻의 사명使命, 두 단어 발음이 같다는 게 재미있지 않아요? 저한테는 두 단어가 서로 다른 걸 의미하지 않아요. 누구나 신속한 정의를 누릴 수 있게 하는 게 제 사명이고, 그 사명을 위해 이 회사를 차렸어요."

이 대표는 로스쿨을 다닐 때만 해도 자신이 기업인의 길을 걸을 줄은 몰랐다고 했다.

"노동 전문 변호사가 되고 싶었어요. 특히 산업재해 문제에 관심이 컸죠. 2020년이면 한국이 이미 선진국이란 소리를 들을 때입니다. 그런데 2020년 한 해 동안 한국에서 산업현장에서 사고로 사망한 노동자가 882명이에요. 매일 2.4명씩 숨진 셈이죠. 일하다 병을 얻어서 천천히 숨진 노동자 수는 제외한 수치예요. 믿어지세요? 매일 두세 사람씩 공사장이나 공장에서 떨어져 죽고 깔려 죽고 볼트가 튀어나와 맞아 죽고 벨트에 끼여 죽고 지게차에 치여 죽고 유독가스에 숨이 막혀 죽었단 말이에요."

2020년, 882명, 2.4명이라는 수치나 '떨어져 죽고 깔려 죽고 맞아 죽고 끼여 죽고'와 같은 표현을 읊을 때 이 대표는 메모를 전혀 참고하지 않는다. 구체적인 숫자와 쉽고도 강한 단어를 확신에 찬 어조로, 상대의 눈을 똑바로 바라보며 말하는 태도 때문에 어지간한 사람은 그녀 앞에서 압도되기 마련이다. 10년 넘게 고집하고 있는 민머리나 인조가죽 재킷이 아니어도 이세아 대표는 누구에게나 충분히 잊지 못할 인상을 남긴다.

"사고가 이렇게 줄지를 않으니까 산재가 발생한 기업의 대표를 처벌해야 한다는 목소리가 커졌어요. 기업계 반대로 법을 만들지 못하다가 2021년 1월에 겨우 국회에서 중대재해처벌법이 통과됩니다. 그러면 이 법으로 처벌받은 기업 대표가 몇 명이나 됐을까요? 2021년에는 한 명도 없었어요. 2022년에도 한 명도 없었죠. 2023년 4월이 되어서야 유죄판결을 받은 기업 대표가 겨우 처음 나옵니다. 그때까지 산업재해가 발생하지 않았기 때문일까요? 아니에요. 수사와 1심 재판에만 평균 600일이 넘게 걸렸기 때문이에요. 그런 현실을 보면서 굉장히 좌절했어요.

더 기막힌 사례도 찾아보면 얼마든지 나옵니다. 공직선거법 위반으로 기소되었는데 재판이 오래 걸려서 그사이에 임기를 다 마치는 경우도 드물지 않았어요. 황당하죠? 2022년 기준으로 민사재판은 1심부터 대법원 확정 판결까지 평균 1,095일이 걸렸어요. 형사재판은 586일이 걸렸고요. 당시 헌법에도 '모든 국민은 신속한 재판을 받을 권리를 가진다'는 조항은 있었어요. 법원이 헌법을 어기고 있었던 어처구니없는 상황이었죠."

그러나 카리스마 있는 인물의 말은 늘 주의해서 들어야 한다. 로스쿨생 시절 노동문제에 관심이 많았다는 이세아 대표는 정작 변호사가 된 뒤에 노동자들을 위해 일한 적이 없다. 오히려 기업 법무 전문 로펌에 입사했으며, 중대재해처벌법 위반 혐의로 기소된 중견기업 대표를 변호한 적이 여러 차례 있다. 신속한정의 역시 현재 기업 법무 분야에서 거두는 수익의 비중이 큰 것으로 알려졌다.

이 대표는 "로펌에서 소속 변호사로 일할 당시 수임 권한 없이 배정받은 사건이 많다"며 "사건을 맡으면 평소 신념이 어떻든 의뢰인의 이익을 위해 최선을 다하는 게 변호사의 윤리"라고 항변했다. 그녀는 또 "기업 법무 소송은 건당 수수료가 커서 실제 건수보다 수익이 크게 잡힌다"고 덧붙였다.

인공지능을 이용해 사실상 재판을 대체한다는 아이디어를 처음 떠올린 계기에 대해 이세아 대표는 여러 인터뷰나 강연에서 엇갈리는 설명을 했다. 한국 언론들과의 인터뷰에서는 교통사고를 겪은 뒤 자동차보험회사들이 움직이는 방식을 보고 사업 아이디어를 얻었다는 이야기를 많이 했다. 하지만 일본 법률 시장 진출 직후에 『니혼게이자이신문』과 가진 인터뷰에서는 "북한 장마당을 다룬 다큐멘터리를 보고 아이디어를 얻었다"고 말했다. 런던정치경제대학교에서 강연했을 때에는 G. D. H. 콜의 『길드 사회주의』를 읽다가 같은 아이디어를 얻었다고 주장했다. '아래로부터의 의사 결정이 사법

부도 대신할 수 있을까' 하는 질문을 그때부터 품었다는 것이었다.

어느 버전이 진짜냐는 질문에 이 대표는 태연히 대꾸했다.

"전부 진짜죠. 뉴턴한테 중력이라는 아이디어를 언제 처음 떠올렸느냐고 묻는 거나 마찬가지인 질문이에요. '공전하는 행성들이 항성에 매여 있게 하는 힘이 뭘까'라는 고민을 먼저 하고 있어야 사과가 떨어지는 걸 보고 깨달음을 얻을 수 있는 거예요. 그러면 뉴턴은 그 고민을 언제부터 했을까요? 또 다른 착안과 발상의 순간들이 있었겠지요. 그런데 사람들은 '떨어지는 사과를 보고 『프린키피아』를 집필했다'는 식의 이야기를 좋아해요. 그리고 언론도 그 사실을 잘 알고요. 인간은 세상을 엉성한 스토리로 이해하는 동물이라 그런 식의 편의주의적, 근본주의적 사고에 빠지기 쉬워요."

이 대표는 어떤 특정한 계기나 인물(바로 그녀 자신)이 없었다 해도 신속한정의와 같은 서비스는 등장할 수밖에 없었을 것이라고 주장한다.

"무선통신 같은 거죠. 맥스웰이 맥스웰 방정식을 발표하면서 전자기파를 예측한 게 1861년이고, 헤르츠가 실제로 전자기파를 발견한 게 1888년이에요. 아마 마르코니가 없었더라도 19세기 말에 누군가가 무선통신을 발명했을 거예요. 멀리 떨어져 있는 사람과 소통의 필요성은 선사시대부터 있었던 거니까요. 빠르고 공정한 판결 역시 선사시대부터 필요했죠. 성문법이 만들어지고, 판례가 쌓이고, 그 판례들을 빠르게 분석해서 패턴을 정확하게 읽어내는 기술이 발전하면 당연히 그다음에는 무선통신 같은 혁신이 일어나는 것 아닐까요?"

실제로 2010년대, 2020년대 인터넷 자료들을 읽어보면 각종 판결 기사마다 'AI 판사를 도입하라'라는 댓글이 달린 것을 확인할 수 있다. 인공지능이 재판을 할 수 있다는 상상은 그 당시에도 낯설지 않았으며, 판결에 대한 불신도 적지 않았다는 얘기다.

"기사로 '이상한 판결'을 접한 사람들의 불만은 언론이 세부 사항을 생략하고 자극적인 포인트를 강조하다 보니 생겨난 오해에서 비롯된 경우가 대부분이기는 했어요. 이상한 판결이라고 기사가 났지만 자세히 들여다보면 이상한 판결이 아니었던 거죠. 하지만 개중에는 정말 이해가 안 가는 판결도 있었습니다. 정치적으로 편향되었거나 괴상한 신념을 품은 판사도 분명히 있었죠. 자기가 반대하는 정당 국회의원이 받은 명예훼손 혐의에 대해 이례적으로 실형을 선고한다거나, 재판 중에 '기도합시다'라는 말을 할 정도로 독실한 기독교인인 대법관이 목사의 그루밍 성범죄를 인정하지 않는다거나 하는 일들이 있었어요. 그런데 고약한 것은 어느 판사가 그런 이상한 판례를 만들어놓으면, 다른 판사도 그걸 뒤집기가 쉽지 않다는 거예요. 법적 안정성을 지켜야 하니까요."

2010년에는 당시 이용훈 대법원장이 "우리 사회의 일반적인 상식에 비춰 받아들일 수 없는 기준을 법관의 양심이라고 포장해서는 안 된다"라고 지적할 정도였다. 2년 뒤 양승태 대법원장도 신임 법관들에게 "독특한 신념에 터 잡은 개인적 소신을 법관의 양심으로 오인해서는 안 된다"라고 당부했다. 판결을 납득할 수 없는 정도까지는 아니더라도 지나치게 조정을 강요하거나 증거신청을 자주 기각하는 판사들 역시 원성의 대상이었다.

별난 판사보다 더 큰 문제는 비슷한 범죄에 대해 판사마다 선고하는 형량이 다르다는 것이었다. '들쭉날쭉 양형' 혹은 '고무줄 판결'이라고 불린 이 이슈에 대해서는 당시 법원도 문제의식이 있었다. 실제로 2020년대 초반 생성형 인공지능 기술이 확산되자 AI를 재판에 도입할 방법을 가장 먼저 연구한 곳도 대법원 양형위원회였다.

하지만 이세아 대표는, 당시 사법 시스템에 판사의 재량권 남용이나 양형 편차보다 훨씬 더 거대한, 당대 사람들은 인식하지도 못했던 부조리가 있었다고 지적한다.

"어떤 사람이 판결에 불만을 품었다는 말은 그 사람이 재판을 받기는 받았다는 이야기잖아요. 진짜 불만은 그 정체가 드러나지도 않은 상태였어요. 바로 재판을 받지도 못한다는 불만이죠. 판결이 사람들의 일상에서 너무 멀었어요. 요즘 젊은 분들이 들으면 경악할 이야기인데, 2010년대까지만 해도 소송을 걸거나 당하지 않고 평생을 보낸 사람이 드물지 않았어요. 소송 건수가 지금의 10만분의 1도 되지 않았으니까요. 그 시절 사람들이 착하게 살아서 소송을 하지 않았던 건 당연히 아니죠. 소송 자체가 아주 특별한 일이었던 거예요. 한 해에 소송을 고작 2만 건 제기한 사람이 소송을 남발한다는 비판을 받던 때였어요."

21세기 초까지 민사소송이 적었던 가장 큰 이유는 소송비용 때문이었다. 2020년대 초반 민사소송 변호사 수임료는 평균 500만 원 정도로 추정된다. 당시 임금노동자의 한 달 급여를 훌쩍 뛰어넘는 수치였다. 증인을 부르면 증인에게 일당과 여비, 숙박료를 줘야 했다. 감정인이나 통역사, 번역가에게도 마찬가지였고, 감정비나 통·번역비, 측량비 역시 소송 당사자들이 부담해야 할 돈이었다. 경악스럽게도 법관이나 법원 공무원이 증거 조사를 할 때 드는 일당과 여비, 숙박료 역시 소송비로 간주됐다. 여기에 인지액, 서기료, 송달료 같은 비용이 추가됐다.

이 같은 비용을 패소한 측에서 부담하는 것이 원칙이었으나, 늘 그랬던 것은 아니었다. 승소한 쪽도 일부 부담하거나 각자 부담하는 경우도 있었다. 애초에 시간 비용이나 심리적 부담은 나눠 가질 수 없는 것이기도 하다. 21세기 초까지 보통 사람들에게 소송이란 두렵고 골치 아프고 재정적으로 부담스러운 일이었다. 중세의 결투와 흡사했다. 궁지에 몰리기 전까지는 어지간하면 누구도 칼을 뽑지 않았다. 범죄학자들은 1980~2020년까지 한국 학교에서 발생한 신체적·언어적

폭력 범죄(교사에 의한 것이든 학생에 의한 것이든)의 99퍼센트가 법정으로 가지 않았다는 데에 대체로 동의한다. 가정폭력의 상황도 다르지 않았다.

"소송은 민주주의 사회에서 시민의 중요한 권리인데 시간과 돈의 여유가 없는 사람은 그 권리를 제한당하고 있었던 거예요. '공익소송'이라고 부르던 소송들을 극적인 사례라고 할 수 있겠는데요, 당시에 시민단체들이 정부 기관이나 대기업을 상대로 내는 소송들을 그렇게 불렀어요. 이길 가능성이 높지 않아도 여론을 환기할 수 있었고, 간혹 이기게 된다면 법과 제도를 바꿀 수 있었죠. 그런데 이런 소송들에서 지면 정부와 대기업의 소송비용까지 시민단체 측에서 떠맡아야 했고, 그로 인해 활동이 위축될 수밖에 없었습니다."

형사고소는 변호사 없이 혼자서 고소장을 접수할 수 있기는 했다. 하지만 그렇다고 재판이 공짜로 진행되는 것은 아니었다. 재판 과정에서 법원 공무원, 증인, 감정인, 통역사, 번역가의 일당과 여비, 숙박료는 마찬가지로 발생했다. 그 소송비용은 때로는 피고인이, 때로는 고소인이, 그리고 대부분은 국가가 짊어졌다. 늘 인력과 예산이 부족한 상태였던 수사기관과 사법부는 "고소·고발이 '남용'된다"는 주장을 펼치며 시민들의 기본권을 제한하려 시도하기도 했다. 고소·고발 반려 제도를 도입한다든가 법무부나 법원이 '남용인'에게 고소·고발 절차금지명령을 내릴 수 있게 한다든가 고소장이 접수되면 피고소인에게도 내용을 알린다든가 하는 방안들이 실제로 검토됐다.

이세아 대표는 "말은 번지르르하지만 신문고를 부활하자는 얘기나 마찬가지였다"라며 비꼬았다.

"조선시대에 신문고를 울리기가 실은 굉장히 어려웠다는 사실 아시나요? 그냥 아무나 한양에 와서 칠 수 있는 게 아니었어요. 중범죄에 한해, 억울한 사연이 있는데 제대로 해결되지 않았다고 마을 사또에게 확인서를 먼저 받아야 했는데, 당연히 사또가 그걸 써줄 리가 없죠. 그걸 써주면 자기가 마을을 잘못 다스린다는 뜻이 되니까요. 사또에게 확인서를 받은 다음에는 관찰사, 사헌부에서도 같은 서류를 발급 받아야 했습니다. 그나마도 영조 시대부터는 신문고를 궁궐 안에 뒀기 때문에 일반 평민은 그 근처에 접근할 수조차 없었어요."

이 대표는 "비윤리적인 동시에 비효율적인 아이디어들이기도 했다"며 "재판이라는 과정 자체가 엄청나게 비효율적이라는 사실이 근본 원인이었기 때문"이라고 지적했다.

'대소송 시대'가 인공지능 이전에 이미 시작되었다고 보는 학자들도 있다. 2010년대 중반부터 모욕죄와 명예훼손죄 고소가 급증했는데, 이것이 '소송의 일상화'를 가져왔다는 분석이다. 급진적인 학자들은 2010년대부터 사람들의 오프라인 의사소통이 온라인 의사소통을 앞질렀다는 의견을 내기도 한다. 2010년대 후반에 이미 한국 수사기관들은 사이버명예훼손과 사이버모욕죄 사건을 처리할 인력이 없어 업무 마비 상태를 겪고 있었다. 경찰청은 2014년부터 사이버범죄 대량

고소 사건 처리 지침 마련 대책 회의를 여러 차례 열었으나 별다른 결론을 내지 못했다.

대소송 시대의 시작을 언제로 잡건, 2010~2020년대 재판 지연과 판결에 대한 불만은 한국만의 문제는 아니었다. 에스토니아가 2019년에 최초로 소액 민사재판에 인공지능 판사를 도입했다. 비슷한 시기 오스트레일리아는 이혼소송에서 부부의 재산 분할을 알고리즘에 맡겼다. 미국 법정에서는 폭력범의 재범 가능성을 인공지능이 분석해 인간 판사에게 제시했다. 변호사들이 생성형 인공지능을 이용해 변론서를 작성하기 시작했다.

그즈음 이세아 대표는 『길드 사회주의』를 읽었고, 북한 장마당의 자치 규약을 다룬 다큐멘터리를 봤고, 가벼운 교통사고를 겪었다. 그녀는, 자동차보험회사들처럼 분쟁을 법정 밖에서 해결해주는 법률 서비스 기업이 가능하지 않을까 하는 생각을 하게 됐다. 도로교통법, 교통사고처리특례법, 자동차손해배상보장법, 형법, 민법, 상법, 특정범죄가중처벌등에관한법률과 시행령, 시행규칙 등은 전부 공개돼 있다. 수많은 교통사고 상황이 블랙박스 영상으로 남아 있고, 그 사고 판례들이 쌓여 있다. 사이버모욕죄, 사이버명예훼손죄도 마찬가지다. 모욕 내용과 상황이 온라인에 기록되어 있으며, 관련 법 규정들이 정해져 있고, 판례들도 쌓여가는 중이다. 그렇다면 인공지능이 이걸 학습해서 상당한 정도로 판결을 정확하게 예상할 수 있지 않을까? 그렇다면 굳이 사건을 법원까지 가져가지 않아도 되는 것 아닐까? 법원 밖에서 더 싸고 빠르게, 더 공정하게 분쟁을 해결할 수 있지 않을까?

그래서 이세아 대표가 역시 변호사인 남편과 함께 신속한정의를 처음 창업했을 때 대상으로 삼았던 분야는 교통사고와 사이버모욕죄, 사이버명예훼손죄 사건이었다. 신속한정의의 초기 주력 상품은 형량과 민사 배상액 예측이었다.

"'자해공갈단'이라는 말이 있었어요. 자동차에 일부러 가볍게 부딪힌 뒤 운전자가 자기를 쳤다고 주장하면서 합의금을 요구하는 건달들을 가리키는 말이었죠. 당하는 일반인 입장에서는 자신이 안전 운전을 했다는 걸 입증하기 어렵고 소송을 당한다는 것 자체가 스트레스니까 억울해하면서 돈을 내주게 되는 거예요. 이런 범죄는 거리에 CCTV가 설치되고 차량용 블랙박스가 보급되면서 많이 줄어들었고, 블랙박스의 사각지대가 없어지면서는 자해공갈단이라는 단어도 함께 사라졌죠. 신속한정의가 등장한 게 그즈음이었어요. 보행자와 접촉 사고가 났고, 자해공갈이 의심스럽지만 법정에서 이걸 어떻게 볼지 알 수 없어서 합의금을 줘야 하나 말아야 하나 하는 운전자들에게 블랙박스 영상을 받아서 분석을 해줬죠. 합의금 내줄 필요 없고 법정에 가도 무혐의로 판결이 날 거다, 혹은 벌금을 받기는 하겠지만 이 정도 액수에 불과할 거다, 그런 컨설팅을 해줬어요."

이세아 대표가 설명했다.

사이버모욕죄, 사이버명예훼손죄에 대해서도 마찬가지였다. 이미 온라인판 자해공갈단 조직은 2010년대 중반에 등장해 이후 10년 넘게 기승을 부렸다. 인터넷 게시판이나 소셜 미디어에 논란이 될 글을 올리고 악성 댓글을 올린 사람에게 민사소송을 걸고 고소 취하 조건으로 합의금을 요구하는 이들이었다. 온라인 자해공갈은 자동차 자해공갈보다 훨씬 수익성이 높았다. 한 게시물에 수십, 수백 개의 악성 댓글이 달릴 수도 있기 때문이다. 댓글 하나당 합의금을 백만 원씩 받으면 한 번에 수천만 원의 수익을 올릴 수도 있었다. 이런 '악플 비즈니스 시장'이 생겨나면서 그런 조직들이 로펌과 결합하는 경우도 생겼다. 온라인 자해공갈단이 게시물을 올리고 수백 개의 악플이 달리게 하면 로펌이 고소를 대행하고 합의금의 30퍼센트가량을 받았다.

"청소년들이 주 타깃이었죠. 댓글을 함부로 올리는 데다가 법을 잘 알지도 못했으니까요. 지금으로서는 상상이 어려운 일이지만 당시에는 전과자가 된다는 걸 사람들이 굉장히 부담스러워했어요. 그래서 부모님들이 대부분 합의금을 내줬습니다."

물론 반대편에서 피고소인들을 위해 활동하는 로펌이나 개인 변호사들도 있었다. 인공지능을 활용한 재판 결과 예측 서비스도 아주 낯선 것은 아니었다. 신속한정의 서비스의 차별점은 높은 정확도와 함께 '고객 편에 서지 않는다'는 태도에 있었다. 신속한정의가 판매하는 것은 '공정한 판단'이었다.

"블랙박스 영상이나 악성 댓글을 둘러싼 맥락을 인공지능이 전부 학습해서 재판 모델을 만들고, 그 모델을 돌린 결과를 실제 판결과 비교하고, 모델을 수정하고, 다시 모델을 돌리고, 그런 시뮬레이션을 한 건당 수천 번, 수만 번씩 돌렸죠. 저희는 모델의 정확도에 자신이 있었지만 잠재 고객들의 신뢰를 얻는 건 또 다른 문제였어요. 그래서 초기에는 서비스 요금을 파격적으로 낮게 책정했고, 만약 저희가 예상한 것보다 벌금이 높게 나온다면 그 차액을 대신 내준다는 보장 조건도 걸었어요."

신속한정의는 공개 검증 이벤트도 수십 차례 벌였다. 신속한정의의 동영상 사이트에 이용자가 교통사고 영상이나 악성 댓글 스크린 캡처 이미지를 올리면 판결이 어떻게 날지 리포트를 작성해 공개했다. 이용자들은 몇 주 뒤에 실제 판결 결과와 신속한정의의 예상 리포트를 비교할 수 있었다.

후발 주자들이 나타나자 신속한정의는 판결 예상 알고리즘 경연 대회도 여러 차례 개최했다. 공개 검증 이벤트에 다른 회사의 알고리즘도 참여하게 하는 것이었다. 신속한정의의 예측 정확도는 고르게 95퍼센트 수준이었던 반면 다른 회사들의 정확도는 80퍼센트 안팎에 그쳤다(당연하게도 이 결과의 홍보 효과는 대단히 컸다). 몇몇 특정 상황에서 98~100퍼센트의 정확도를 보이는 알고리즘은 있었으나 모든 경우에 90퍼센트 이상 정확하게 판결을 예측하는 것은 극히 어려운 일이었다. 신속한정의는 대학생과 프리랜서 개

발자 대상으로 경연 대회를 벌여 우수한 알고리즘 아이디어를 구매하거나 수상자를 채용했다.

하지만 다시 한번, 카리스마 있는 인물의 말은 늘 주의해서 들어야 한다. "처음부터 법원 밖에서 법정 역할을 하는 공간이 될 수 있도록 플랫폼을 설계했다"는 이 대표의 말이 어느 정도나 진실인지는 알 수 없다. 그러나 신속한정의가 인기를 모으면서 적어도 사이버모욕죄와 사이버명예훼손죄 관련해서는 '법원 밖 법정' 역할을 하게 된 것이 사실이다.

"합의금을 노린 '꾼'들이 개입되지 않은 사건들, 정말로 인터넷 게시판이나 게임 채팅방에서의 순수한 논쟁이나 말싸움이 커져서 소송으로 번지는 경우도 적지 않았죠. 그런 사람들에게는 '법적으로 누가 잘못했냐' 같은 문제가 중요했어요. 그때 신속한정의에서는 이용료 몇백 원만 내면 법원 판결과 거의 같은 정도로 믿을 수 있는 판단을 바로 얻을 수 있었어요. 저희 플랫폼을 통해 사과문이나 합의금, 배상액을 전달할 수도 있었죠. 외국에 사는 고객들도 있었으니까요. 그러다 보니 합의금 '시세'가 자연스럽게 형성됐습니다."

신속한정의 이용자가 늘어나면서 사이버모욕죄, 사이버명예훼손죄 소송은 줄었다. 그러나 이른바 '법정 밖 소송'이라 불리는 분쟁은 엄청나게 늘어났다. 정확한 수치에 대해서는 분석 기관이나 학자마다 이견이 있지만 신속한정의와 같은 유사 재판 플랫폼에서 처리한 사이버모욕죄, 사이버명예훼손죄 관련 분쟁은 실제 소송 건수의 최소 50만 배 이상 증가한 것으로 보인다. 다른 사람과 온라인으로 감정싸움을 벌이고 나면 그 내용을 신속한정의 플랫폼에 입력해 상대가 한 말 중에 법에 어긋나는 게 있는지, 있다면 합의금으로 얼마를 받을 수 있는지 알아보는 것이 당연한 문화가 됐다. 친구나 가족 사이에서 주고받은 메시지 내용도 예외가 아니다.

차별금지법과 집단모욕죄를 이용해 합의금을 버는 기법이 퍼진 것도 이 시기이다. 메신저 대화방에서 단체 대화를 나누던 지인이 특정 집단에 대해 차별적이거나 모욕적인 언사를 하면 이를 캡처해 관련 단체에 보내고, 그 단체가 받아내는 합의금의 일부를 얻어가는 수법이다. 차별 발언에 분개할 단체를 찾아주고 '법정 밖 소송'을 대신 진행할 브로커들이 난립하며 "전 국민이 전 국민을 감시한다, 가족과 친구 앞에서도 함부로 말을 할 수 없게 됐다"는 비판이 쏟아졌다.

이세아 대표는 정면 승부를 택했다. 신속한정의는 적극적으로 반박 논리를 펴며 맞섰다.

"도로에 CCTV가 설치되기 전에는 교통경찰들이 신호 위반이나 과속 차량들을 일일이 잡았습니다. 사람이 하는 일이었으니 단속 비율은 높지 않았지요. 과거에 운전자들은 지방도로나 통행량이 많지 않은 시간대에 예사롭게 교통신호를 어기고 정해진 속도 이상으로 가속페달을 밟았어요. 그러다가 교통경찰에게 잡히면 '왜 나만 잡느냐'고 항의했습니다.

하지만 교통경찰이 있건 없건 교통신호와 규정 속도를 지키는 것은 시민으로서 운전자의 의무예요. 차별 발언, 모욕 발언을 하지 않아야 하는 것도 법이 정한 시민의 의무입니다. 가족과의 대화방에서 나눈 대화이건 친구와 커뮤니티 게시판에서 나눈 이야기이건 마찬가지입니다. 법에는 예외가 없어요. 법은 모든 사람이 모든 상황에서 지켜야 하는 겁니다."

이세아 대표는 신속한정의 덕분으로 온라인 댓글 문화가 크게 개선됐으며, 메신저를 이용한 학교폭력도 사라졌다고 강조했다. 2020년대 한국 학생들 사이에서는 당시 국민 메신저라고 불리던 카카오톡의 기능들을 이용해 또래를 괴롭히는 악습이 있었는데 피해 학생들이 이걸 쉽게 신고하고 합의금을 받아낼 수 있게 됐다는 것이었다.

하지만 유사 재판 플랫폼의 성공과 이를 둘러싼 논란은 이제 겨우 시작된 거나 다름없었다. 이세아 대표와 신속한정의는 아직 한 가지 기술을 더 기다려야 했다. 사람에게도 블랙박스가 있어야 했다.

2002년 서울 강남구와 강남경찰서가 논현1동 거리에 CCTV를 다섯 대 설치했다. 다가구주택과 원룸이 많은 유흥가여서 강력 범죄가 많이 발생하는 지역이었다. 그다음 해에는 강남구 전체에 2백여 대를 더 설치했다. 대한변호사협회는 이것이 초상권과 프라이버시권 침해라고 비판했다. 시민단체들도 시민의 사생활을 가볍게 보는 행정편의주의이며 보행자를 예비 범죄자로 간주하는 발상이라며 반발했다. 개인정보보호법이 만들어지기 전이었다.

주민들의 반응은 시민단체와는 달랐다. 강남구민 여론조사에서는 압도적인 다수가 CCTV 설치에 찬성하는 것으로 나타났다. 여론을 의식한 다른 지방자치단체들도 강남구를 따라 CCTV를 설치했다. 권문용 강남구청장은 2006년 서울시장 선거에 출마했는데 공약 중 하나가 "서울 전역에 방범용 CCTV를 설치하겠다"는 것이었다. 당시 유권자들이 방범용 CCTV를 얼마나 환영했는지 알 수 있는 대목이다.

콘택트렌즈형 카메라도 CCTV와 비슷한 과정을 거쳐 대중에 받아들여졌다. 도입 당시의 논란은 CCTV와는 비교도 할 수 없을 정도였다. 특히 여성계는 '1인칭 시점 몰카 포르노 영상'을 누구나 만들 수 있다는 가능성에 경악했다. 콘택트렌즈형 카메라 감지 장치가 보급되고, 카메라를 켠 상태에서는 반드시 홍채 색이 바뀌도록 의무화하는 법이 시행되고, 저장된 영상이 본인의 저장 공간 밖으로 옮겨질 때 강제로 모든 등장인물의 얼굴에 모자이크가 처리되는 기술이 도입됐지만 여성계의 우려는 가라앉지 않았다. 해킹할 수 없는 방지 기술은 없으니까. 그런 방지 기술들보다 딥페이크 기술을 이용한 '가짜 몰카' 영상의 확산이 콘택트렌즈형 카메라를 둘러싼 논란을 가라앉혔다는 냉소적인 평가마저 나온다. 내 앞에 있는 사람이 자기 눈으로 보는 내 모습을 녹화하든 말든 내가 몰카 포르노의 주인공이 될 가능성은 변하지 않게 됐으니.

(아이러니하게도 콘택트렌즈형 카메라를 이용한 몰카 범죄 관련 수사와 배상 합의는 현재 신속한정의의 주 수입원이기도 하다. 최초 촬영자와 유포자를 특정하기 쉽고 관련 판례들을 거의 기계적으로 적용할 수 있기 때문이다. 가짜 몰카 범죄 수사가 훨씬 어렵다.)

그러나 방범용 CCTV처럼 콘택트렌즈형 카메라에도 지지자들이 있었고, 방범용 CCTV처럼 콘택트렌즈형 카메라 역시 이용자에게 어떤 종류의 이익을 확실하게 보장했다. 초기에는 영상 제작과 증거 수집 정도에 쓰였지만 '렌즈 세대'가 등장하면서 활용 범위가 생활과 산업 전 영역으로 넓어졌다. 눈으로 일단 대충 본 뒤 인공지능에 편집을 맡겨 의미 있는 장면만 남기고 그걸 나중에 확인하는 렌즈 세대의 라이프 스타일은 정보 처리량이 '자연 세대'를 압도했다. 방범용 CCTV처럼 콘택트렌즈형 카메라도 이용하는 사람이 많아지자 반대하는 사람들도 불편해하면서 따라오게 되었다.

콘택트렌즈형 카메라의 활용 범위가 넓어지면서 신속한정의의 사업 영역도 그만큼 커졌다. 이제 길거리에서의 단순 폭행 시비에서부터 수십 년에 걸친 결혼 생활의 파국에 어느 쪽 잘못이 더 큰지까지, 짧게는 몇 분에서 길어도 몇 시간 안에 판단을 얻을 수 있었다. 이런 유사 소송이 벌어지면 렌즈형 카메라 이용자들이 엄청나게 유리했으므로 결국 모든 사람이 방어권 차원에서 렌즈형 카메라를 착용하게 되었다. 이세아 대표는 그 사실을 미리 꿰뚫어 봤고, 보급형 렌즈형 카메라 제조업체와 영상 분석 기업을 여러 곳 인수하는 대규모 투자를 감행했다. 다른 주주들의 반대 속에서도 강행한 이 투자는 대성공으로 결론이 났다. 합의금을 즉시 송금할 수 있는 가상화폐, 지나치게 많아진 소송을 일괄 처리해주는 개인 맞춤형 소송 에이전트, 매달 일정액을 적립하면 미리 정해놓은 혐의에 대해 합의금을 처리해주는 '합의금 보험' 역시 성공을 거두었다.

"신속한정의가 『1984』 같은 사회를 만들었다고 비판하는 분들은 불과 얼마 전까지 세상이 어떤 모습이었는지를 모르시거나, 아니면 알면서 의도적으로 간과하는 거라고 생각해요. 평범한 시민들의 일상은 모욕과 차별, 혐오로 가득 차 있었고, 특히 저소득층과 여성, 성소수자 들이 그런 '미세공격'의 주된 피해자였습니다. 렌즈형 카메라를 이용해 소송거리를 찾는 파일럿 테스트를 할 때 저희들은 다들 충격을 받았어요. 부천에 사는 고졸 미혼모였던 실험 지원자는 하루에 차별 발언을 7회, 모욕 발언을 3회, 혐오 발언과 성희롱 발언을 2회씩 들었어요. 그날 하루에 합의금으로 벌어들인 돈이 그분의 반년 치 급여보다 더 많았습니다. 그분을 억압했던 게 과연 누구인지, 그분에게 자유를 준 게 무엇인지 여쭙고 싶어요. 그분께 과연 더 나은 세상이 어떤 세상인지도 함께 묻고 싶고요. 정의로운 세상을 끔찍하다고 비판하는 분들은 정의가 부족했던 세상에서 이득을 누렸던 분들뿐입니다."

이세아 대표의 가장 큰 장점은 기획력이나 투자 감각, 법학 지식, 카리스마가 아니라 공격에 버티는 강인한 정신력이었다. 그리고 그녀를 가장 집요하게 공격한 것은 바로 동료 변호사와 법학자 들이었다.

이세아 대표와 신속한정의는 진출한 국가의 모든 변호사 단체로부터 소송을 당했다. 한국에서는 주로 변호사가 아닌 자는 법률 상담이나 법률 사무를 할 수 없다고 규정한 변호사법 조항이 쟁점이 됐다. 한국 변호사 단체들은 "인공지능은 '변호사가 아닌 자'이며, 신속한정의의 판결 예측은 법률 상담에 해당한다"고 주장했다. 한국 변호사 단체들은 신속한정의가 변호사법 외에도 개인정보보호법, 전자상거래법, 표시광고법, 공정거래법을 어겼다고 주장했다. 이세아 대표는 이번에도 정면 대결을 택했고 길고 지루한 분쟁을 이어나갔다.

이 대표 개인에 대한 법적 공격도 무수히 발생했다. 변호사 단체들은 이 대표와 남편의 과거 발언들과 기고문을 모두 수집해 집단 모욕이나 명예훼손, 차별 언사를 찾았다. 이 대표 부부가 과거에 학교폭력을 저지른 적은 없는지, 동영상 콘텐츠를 불법으로 시청한 적은 없는지, 무리한 변론이나 수임을 한 적은 없는지, 신속한정의가 노동관계법을 어기지는 않았는지, 신속한정의가 다른 기업을 인수할 때 절차를 제대로 밟았는지, 신속한정의의 사내근로복지기금이 적법하게 쓰였는지까지도 철저하게 뒤졌다. 재판들이 병합되지 않도록 용의주도하게 소송전을 벌인 전략은 성공을 거둬서 이 대표는 얼마 못 가 전과 13범이 되었다. 대소송 시대가 막을 올린 상태이기는 했으나 전과 13범이 되는 것은 당시만 해도 상당한 치욕으로 간주됐다. 이 대표는 길지 않았지만 구치소 생활을 하기도 했다.

"저에게 유죄판결을 내릴 수 있는 혐의를 제보하는 사람에게 포상금을 걸었다는 얘기도 들었어요. 그런데 웃긴 게, 그 사람이 찾아낸 혐의가 그럴싸한지 아닌지 판단하는 데 저희 서비스를 이용했다고 해요. 대단하지 않은 내용을 제보한 사람을 납득시킬 방법이 그것뿐이었던 거죠."

이 대표는 변호사 단체와 경쟁 업체 관계자들이 콘택트렌즈형 카메라를 이용해 자신을 스토킹했다며 수십 건의 소송을 걸었다. 이 대표는 당시 자신이 업무상 만나는 변호사들이나 법조계 인사들 상당수가 리걸솔루션즈의 생체 앱을 사용하고 있었는데, 그 앱이 '걸어 다니는 분산형 감시 시스템'으로 작동했다고 주장했다. 그 생체 앱을 내려받은 사람의 콘택트렌즈형 카메라에 이세아 대표를 비롯한 '블랙리스트 인물'이 잡히면 자동으로 리걸솔루션즈의 인공지능으로 영상을 보내게 되어 있었다는 것이다. 이 대표는 리걸솔루션즈와 제3변협의 유착 의혹도 제기했다.

이 대표가 순전히 리걸솔루션즈와 제3변협을 괴롭힐 목적으로 소송들을 걸었다고 보는 시선도 있다. 세계에서 가장 정확도 높은 판결 예측 알고리즘과 유사 수사 시스템을 갖춘 기업의 최고경영자가 그 소송들에서 단 한 건도 승소하지 못했기 때문이다. 게다가 긴 소송전 끝에 타격을 입고 구조조정에 들어간 리걸솔루션즈를 인수한 것도 신속한정의였다. 리걸솔루션즈는 벌금 선납제 같은 과감한 아이디어로 소액 형사소송 분야에서 인기를 모으던 경쟁 업체였다.

"그런 뒷얘기가 나도는 건 알아요. 말도 안 되는 소리죠. 그때 저는 암 투병 중이라 경영 일선에서 물러나 있었어요. 너무 힘든 시기였어요. 사업도 쉽지 않았고 몸도 아팠고요. 더 정의로운 세상을 만들고 있다는 사명감 때문에 버틸 수 있었어요. 그런 뒷얘기가 계속 나오는 것은 제 입장에서는 나쁠 건 없죠. 주기적으로 인공지능 조사원을 돌려서 합의금을 받아냅니다."

이 대표는 누가 그런 험담을 하는지에 대해서는 이제 관심이 없어 찾아보지도 않는다고 했다. 그리고 신속한정의 같은 플랫폼이 있어서 그런 루머가 어느 정도 규모 이상으로 커지지 않는다고 덧붙였다. 이 대표는 인터넷 시대 초기에는 가짜 뉴스가 세계적인 규모로 확산되거나 과장된 선동으로 인해 정치가 불안정해지는 경우가 많았다면서, 신속한정의가 그런 사회적 재난을 막는 일종의 제방 역할을 한다고 주장했다.

"저희 같은 서비스 때문에 표현의 자유가 위축되었다고 주장하시는 분들이 있는데, 그렇지는 않은 거 같아요. 그냥 합의금이나 벌금 계좌에 정기적으로 일정액을 적립하면서 할 말 하고 살겠다는 사람도 꽤 많거든요. 저도 그러고 있고요.

제가 지난주에 제 말이나 글 때문에 소송 혹은 유사 소송을 당한 건수가 3백 건이 넘더군요. 그냥 제목만 쭉 살펴보고 어떤 표현이 자주 걸렸는지 훑어만 봤어요. 이제부터 이런 표현은 조심해야겠다, 하면서요."

변호사들과의 싸움은 소송전이었다. 법학자들과의 싸움은 사상전이었다. 재런 모리스 같은 학자는 "신속한정의가 허가받지 않은 사법기관이 됐으며, 사법이라는 국가 기능을 민영화했다"고 비판했다. 이세아 대표는 언론 인터뷰에서 "사법부와 신속한정의의 관계는 경찰과 보안업체의 관계와 비슷하다"라며 "우수한 보안업체가 있으면 경찰도 자원을 중요한 치안 문제에 집중할 수 있어 좋다"고 반박했다. 그러나 이 대표는 사석에서 "사법부가 해야 하지만 제대로 못하는 일을 우리가 제대로 한다"라고 말하는 모습이 익명을 요구한 제보자의 콘택트렌즈형 카메라에 찍히기도 했다(이로 인해 형사 고발이나 민사소송을 당하지는 않았다).

신속한정의가 사법만능주의, 소송만능주의를 퍼뜨렸다고 비판하는 학자들도 있었다. 이세아 대표는 "법치국가에서 그러면 법이 만능이어야지, 법 이외에 다른 무엇이 만능이어야 하느냐"라고 대꾸한다. 한 기업이 사실상의 판결을 내리면서 법률 컨설팅도 제공한다는 것이 비윤리적이라는 지적도 있다. 이세아 대표는 이에 대해 "신속한정의의 재판 시뮬레이션 부문과 법률 자문 부문은 완전히 분리되어 두 회사나 다름없다"며 "두 부문 간 인사이동도 없고 독립채산제로 운영

한다"고 항변한다. 그러나 두 부문의 장을 임명하는 것은 같은 이사회이며, 이사회 의장은 이세아 대표다.

대소송 시대가 되면서 부자들만이 표현의 자유를 누리게 됐다는 비판도 있다. 셀리 치알디니 같은 학자는 "신속한정의는 욕설에 비용을 매겼고, 이제 표현의 자유는 사치품이 됐다"고 말한다. 이세아 대표는 이에 대해 "신속한정의 덕분에 모든 사람이 혐오 발언, 차별 발언을 삼가게 됐다"며 "마음이 뒤틀린 부자들이 내키는 대로 내뱉은 막말에 벌금을 매기는 것은 정의의 실현"이라고 말한다.

이세아 대표는 끝내 승리를 거뒀다. 그녀 자신의 표현에 따르면 '피투성이 승리'였지만, 어쨌든 승리는 승리였다. 변호사들과의 소송전에서는 대체로 승소했고, 법학자들과의 사상전은 해답 없는 논쟁이 길어지면서 모든 사람의 관심에서 멀어졌다.

시가총액이나 매출액보다 더 중요한 사실이 있다. 신속한정의가 이제 사법부보다 더 신뢰를 얻고 있다는 점이다. 지난달 여론조사 전문기관 디브레인에서 전국 19세 이상 성인 1천 명을 대상으로 한 설문 조사에서 법원의 신뢰 지수는 5.8점이었는데 신속한정의는 7.3점을 받았다. 판사들이 판결을 하기 전에 신속한정의의 예측 판결 결과를 살펴본다는 것은 법조계에서는 공공연한 비밀이다. 한 부장급 판사는 "아무리 관련 문서를 열심히 읽는다 해도 사람인 이상 놓치는 부분이 생기기 마련이지 않느냐"며 "인공지능 판사와 다른 판결을 내리는 것이 현실적으로 쉽지 않다"라고 토로했다. 심지어 새로 제정되거나 개정돼 판례가 없는 법을 적용해야 하는 재판에서도 그렇다고 한다.

그런 가운데 정말로 사법 기능 일부를 신속한정의로 대체하겠다는 국가도 나타났다. 신속한정의는 지난해 뉴질랜드 경찰청의 교통 단속 업무 일부를 떠맡았다. 올해 초에는 도미니카공화국에서 벌어지는 모든 재판의 1심을 위임받아 처리하는 내용의 협약을 맺고 후속 절차를 진행 중이다. 신속한정의는 도미니카공화국으로부터 서비스 이용료를 받지 않는 대신 재판 과정에서 발생하는 모든 데이터에 대한 활용권을 요구한 것으로 알려졌다.

"신속한정의가 도미니카공화국 국민들의 사법부에 대한 불신을 가라앉히는 역할을 할 수 있다고 생각해요. 재판에 들어가는 비용을 더 유용한 곳에 쓸 수 있다는 점은 말할 것도 없고요. 구체적으로 밝힐 수는 없지만 이외에도 몇몇 국가와 양해 각서를 체결하고 사법 기능을 대신하는 협상을 진행 중에 있습니다."

이세아 대표는 신속한정의가 국가의 다른 기능 일부를 위임받을 수도 있다고 본다.

"세무는 세금을 납부하는 개인이나 기업에게도, 세금을 매기고 징수해야 하는 조세 당국에게도 엄청난 스트레스지요. 세금에 관계된 법이 너무 많고 부동산 정책이나 기업 정책이

나올 때마다 조항들이 바뀌니까 나중에는 그걸 체계를 갖춘 제도라고 부를 수 없는 지경이 됐어요. 세무사나 국세청 직원들은 인공지능이 상용화되기 오래전부터 자신들이 계산한 세액이 맞는지 자신 없어 했고요. 아마 2020년대 중반부터 한국의 세무는 이런저런 회계법인이나 세무법인의 인공지능들이 대신하고 있었다고 해도 과언이 아닐 거예요. 저의 제안은 이렇습니다. 조세 관련 법들을 해체해서 재조립하면 어떨까요. 정책 목표를 똑같이 달성할 수 있으면서 그 과정을 좀더 이해하기 쉽게요."

이 대표는 "국회에서 인간 국회의원들이 정책 목표를 정하면 그 목표에 맞게, 일관성을 갖춰 법조항을 만드는 서비스를 상상해볼 수 있다"고 말했다. 인공지능이 판결을 하고 법까지 만드는 시대에 대해 혹자는 드디어 인공지능이 인간을 지배하게 됐다고 촌평할 수도 있겠다. 그런데 이세아 대표의 꿈은 그보다 원대하다.

"세법과 비슷하게 누더기인 법이 있습니다. 국제법들이죠. 교토의정서나 베른협약 같은 조약도 있고, 거의 세계화된 기업 관련 법도 있고, 몇몇 나라가 자기들끼리 체결한 협정도 있고, 법 취급을 받는 관습도 있어요. 한 기관에서 만든 것도 아니고 내용도 수시로 바뀌는데, 딱히 법전이 있는 것도 아니죠. 사정이 이렇다 보니 분쟁이 자주 벌어지는데, 국제 중재 기관들이 일하는 방식은 비효율적이고 부조리합니다. 더 큰 문제는 그 기관들이 공정하지 않다는 거고요. 이 기관들이 좀더 정의로워져야 합니다. 강한 사명감을 느낍니다."

이세아 대표는 "국제법과 조약 들이 촘촘해지면서 사실상 하나의 법 체계, 같은 판결을 내리는 사법기관이 여러 나라에 적용되는 미래를 그린다"고 말했다. 그런 방식으로 세계 정부가 탄생할 수도 있다고 내다봤다. 그런 미래에서 신속한 정의는 지구에서 가장 강력한 권력기관이 되는 걸까? 이 대표는 "어떤 기관이나 기업이 권력을 갖는 미래가 아니다"라며 "정의로운 법과 정의로운 판결이 온 세상을 움직이는 시대를 만들겠다는 것"이라고 말했다. 지금으로서는 너무 거창해서 언뜻 다가오지 않는 꿈이다. '일극체제화'에 대한 우려도 적지 않다.

그러나 이세아 대표만큼 거대한 비전을 계속해서 현실화하고 있는 인물을 찾기 어렵다는 사실은 누구도 부인할 수 없다. 그녀는 『타임』지가 선정하는 '세계에서 가장 영향력 있는 인물 100인' 목록에 10년째 이름을 올리고 있다. 올해는 사상가 부문에서 이 대표의 이름을 볼 수 있다. 지난해까지는 리더 부문, 그 전에는 개척자 부문이었다.

장휘영 기자 hwi0@gmeum.com

(이 기사는 AI의 도움을 받아 작성되었습니다.)

춘우삭래春雨數來

위래

그곳의 날씨는 어떤가요? 이곳은 한바탕 비가 쏟아지고 있습니다. 호기심에라도 몸을 슬쩍 내밀었다간 흠뻑 젖고 마는 소낙비라 할 만합니다. 다만 이 비의 4퍼센트가량만이 물로 이루어져 있고, 그마저도 단단하게 얼어붙어 있습니다. 나머지 부분은 높은 경도의 암석이지요. 이 유성들은 빛의 속도에 가깝게 가속되어서 가느다란 실선처럼 보이고 푸르게 빛납니다. 유성을 들여다보면, 항성의 빛으로 달아오른 대기가 유성으로부터 밀려나며 짙은 파란색의 기나긴 꼬리를 만들어냅니다. 우리를 비껴가는 대부분의 유성은 점차 붉어지기 시작하다 사라집니다. 적색편이지요. 유성우는 하나의 거성과 열두 개의 행성, 그리고 그 행성을 따르는 수백 개의 위성이 위치한 항성계를 박살 내고 있습니다. 우리는 이 항성계의 가장 거대한 가스 행성의 뒤편에 있지만 안심할 수는 없군요. 당신에게 익숙할 목성보다 열두 배 정도 큰, 간신히 별이 되지 않은 이 행성조차도 지난 수십 시간 동안 유성우에 두들겨 맞은 결과는 참혹합니다. 행성의 전면부는 떨어뜨린 콘 아이스크림처럼 부서졌습니다. 행성을 이루던 조각들이 가스로 퍼져 나가며 잠시나마 방패 역할을 하고 있지만 유성우가 만들어내는 다음 폭발에 밀려나 옅어지고 있습니다. 우리가 유성우의 영향권 안에 다시 말려드는 데 채 일주일이 걸리지 않겠죠. 그때가 오면 우리는 더 가깝지만 결국 파멸할 운명을 맞이할 항성 뒤로 숨을 것인지, 아니면 목숨을 걸고 유성우 사이를 뚫고 지나가 항성계 밖으로 도망쳐

볼 것인지 선택해야만 합니다. 네 달이 지나기 전에 항성계는 완전히 와해되겠지요. 이 유성우가 네 달 이내로 끝난다고 본다면 항성 뒤로 숨어야 할 것이고, 그렇지 않다면 위험을 감수하더라도 유성우의 영향권 밖으로 달아나야 할 것입니다. 어느 쪽이든 쉽지 않은 선택입니다. 유성우 중 일부는 선명하게 사각을 노리며 날아들고 있으니 우리에게 선택할 여유 따위 없을지도 모르겠습니다. 빛의 속도에 근접한 유성을 보고 피한다는 건 아주 어려운 일이니까요. 물론 운이 나쁘다면 임계질량을 만족한 항성이 폭발할 가능성 또한 언제든 있습니다. 초신성 말입니다. ……그렇죠. 초신성은 우리가 공유할 수 있는 이야기죠. 이 모든 일이 어떻게 되었나 생각하면 초신성으로부터 떠올릴 수 있을 겁니다.

SN 2024B(SMC)는 초기에 비주기적인 변광성이었기에 주목을 받았지만 주류 학계가 관심을 가질 만큼의 다중 신호가 관측되지 않았고, 감마선과 X선 파장 관측 결과 불균일한 니켈 분포로 비주기적인 변광을 설명할 수 있게 되면서 천문학자들의 관심을 잃었습니다. SN 2024B를 발견한 아마추어 천문학자 이사벨라만이 연구를 이어갔죠. 이사벨라는 TRPG를 하기 위해 자신의 집에 모인 친구들에게 연구 이야기를 했고, 그중 암호학자 소피아가 관심을 보였습니다. 비주기적인 변광 패턴이 주기적일 가능성을 제시한 것입니다. 특정한 함수를 넣으면 의미 있는 수준의 패턴이 된다는 거였죠. 이

것은 외계의 지적 생명체에 대한 가능성을 암시했습니다. 다른 친구들은 진지하게 받아들이지 않았지만 이사벨라는 달랐습니다. 자신이 발견한 것에 의미를 부여해주는 소피아의 의견에 마음이 갈 수밖에 없었죠. 그리고 소피아는 다른 친구들이 떠나간 뒤에도 이사벨라의 집에 남아 외계의 암호를 풀었습니다.

전제는 사실인 것처럼 보였습니다. 함수 그 자체가 가진 의미를 당장 알 수는 없지만 풀어헤쳐진 패턴은 언어 패턴과 유사했습니다. 통계적으로 의미 있는 수준이었죠. 이사벨라는 당장 이 사실을 학계에 발표해야 한다고 말했지만 소피아는 그럴 경우 기대하는 만큼의 명예와 돈을 얻기는 힘들 거라고 판단했습니다. 외계의 언어는 해독이 극히 어려울 것이며 많은 사람의 협력을 통해야만 했습니다. 얼마 지나지 않아 국가적 지원을 받는 해독자들이, 그리고 그 해독자들을 지원하는 국가와 재벌들이 주목받겠죠. 그러는 사이 첫 발견자라는 위상은 휘발될 터였습니다. 이사벨라도 동의했죠.

두 사람은 모임을 만들고 비밀을 유지할 만한 인물을 선별하여 모임에 가입시켰습니다. 다른 사람들 몰래 외계의 언어를 해독하고자 한 거죠. 하지만 두 사람의 야망은 그리 오래 가지는 못했습니다. 외계인과 소통할 기회를 개인적인 부와 명예로 치환할 생각을 하는 사람은 많지 않았고, 아마추어가 만든 비밀 조직으로 외계의 언어를 해석할 수 있다고 믿는 사람도 적었기 때문입니다. 이사벨라와 소피아, 두 사람은 스스로 예견했던 것처럼 잠시 퇴장합니다.

SN 2024B는 곧장 주목받았습니다. 대중적인 관심만이 아니었습니다. 외계 연구와는 아무 관련이 없었던 연구자들조차도 연구의 방향을 틀었죠. 어떤 분야라도 외계에서 온 전자기 신호와 연관되어야만 연구비를 수주할 수 있었거든요. 그 효과는 굉장했습니다. 언어가 규명되기 전에 한 물리학자가 해독에 쓰인 첫번째 함수에서 의미를 발견해냈습니다. 수개월 동안 해당 함숫값을 컴퓨터 모델에 적용해 시뮬레이션을 했는데, 핵융합을 하기 위한 최적 조건을 반영하고 있었던 겁니다. 연구 성과는 곧장 나타나 핵융합 발전은 그해 상용화가 가능한 설계도가 성립되었고, 그 물리학자는 노벨물리학상을 받았죠.

그렇게 SN 2024B가 보낸 메시지는 전 지구적 관심을 받았습니다. 외계인은 우리에게 단순히 인사말을 건네는 것이 아니라, 기후 재난과 핵전쟁의 위협, 초연결로 인한 감염병 위기로 자멸하고 있는 지구를 구하기 위한 축복을 내리고 있었던 것이니까요.

오파츠의 시대였습니다. 간단하게는 초장력 케이블 제작법에서부터 멀게는 기묘체를 합성해내는 방법까지. 기술적 발견이 이어지자 자연스럽게 외계의 언어도 빠르게 해명되어갔습니다. 발견된 함수에 기술 언어들을 대입하고, 그로부터 메시지의 의도와 맥락을 더하는 것이죠. 심지어 마지막 함수가 완전히 새로운 뉴로모픽 컴퓨팅을 위한 기초 설계도였다는 사실은 전 지구적인 열광으로 나아갔습니다. 외계인은 불가해한 언어만 건넨 것이 아니라 언어를 해독할 도구를 함께 건넸던 겁니다.

그러는 사이 SN 2024B는 '등대'라는 별칭으로 불리고 있었습니다. 인간종을 구원할 빛이라고 생각했던 거죠. 기존의 종교 단체가 등대를 교리 안에서 해석하기 위해 애를 썼고, 등대에 대한 새로운 종교가 전 지구적으로 수백 개나 생겨났습니다. 기술 개발은 이제야 시작되고 있었으니 등대의 직접적인 수혜자가 그리 많다고 볼 수는 없었지만, 등대의 목소리에 귀를 기울일 사람이 수억 명은 넘었습니다.

언어학자, 암호학자, 문화인류학자와 고고학자 들이 비슷한 시기에 앞다투어 서로 다른 등대의 목소리를 들려줬습니다. 뉘앙스에 차이가 있긴 했지만, 첫마디는 다들 같았습니다.

"내 친애하는 형제여."

등대의 목소리에서 직접적으로 밝혀지진 않지만, 등대가 지구를 형제라고 부르는 근거는 몇 가지가 있었습니다. 초기 우주는 지금처럼 차갑지 않았고, 얼지 않은 물이 풍부한 덕분에 우주 가득 생명체를 발견할 수 있었을 거란 가설이 있었죠. 뉴로모픽 설계도의 존재는 해당 가설에 대한 강력한 증거였습니다. 우리 형제 또한 같은 설계도에서 시작했을지도 모른다는 거죠. 또는 소마젤란성운이 17만 광년 떨어져 있다는 사실에 근거해, 등대가 지구를 보고 17만 년 뒤 자신의 목소리를 들을 수 있을 만큼 기술적으로 번성할 가능성을 봤을지도 모릅니다. 이런 경우 등대는 우리와 부분적으로 유사하게 생겼을 가능성까지 있죠. 아니면 진짜 형제가 아닐 근거는 뭔가요? 적어도 그때까진 없었습니다.

아직 이야기하지 않았죠? 우리가 등대를 향한 여정을 시작한 지 얼마 되지 않아 만난 외계종 또한 우리의 형제였을지 모릅니다. 그 외계종은 해파리를 닮았습니다. 가스형 행성의 높은 고도 속 안정된 대기에서 진화해온 그 외계종은 같은 생태계에서 살아가는 다른 외계종들로부터 얻어낸 유기체 자원을 이용해 인간에 비하면 비교적 빠르게 우주로 진출했습니다. 적절한 비유일지 모르겠지만 인간종이 중세시대에 도달했을 때와 비슷했습니다. 인간종이 이룩한 종류의 기술 발전은 아니긴 했습니다. 용 또는 고래에 비견되는 가스형 행성에서 살아가는 거대한 생물이 있고, 이 생물은 번식을 위해 위성과 모행성을 오갔거든요. 문명의 이기도 없이, 자력으로요. 외계종은 이 생물을 조종하고 그것에 올라타는 방법을 익혔던 겁니다.

첫번째 식민지는 인간처럼 주변 모행성의 위성이었죠. 다만 우리와 달리 그 외계종의 모행성은 중력이 큰 가스형 행성이었고 많은 위성을 가지고 있었습니다. 그리고 각각의 위성들은 모행성과 같이 생명체가 번성하고 있었죠.

목성형 행성의 강한 중력이 외부 소행성군을 당겨 각 위성에 물과 탄소, 질소 등을 풍부하게 공급했고 지각 순환과 분화를 촉진해 열을 만들어냈습니다. 심지어 그런 위성들에는 그 외계종과는 다르지만 나름의 방식으로 문화를 발달시켜 온 다른 외계종이 셋 이상 있었습니다. 그 외계종은 자신들과는 다른 외계종의 존재를 당연하고 익숙하게 여겼죠. 진정한 의미의 형제종이라 할 만했습니다. 이러한 사실이 그들로 하여금 어떤 일을 하게 만들었을까요?

그들은 위기감을 느꼈습니다. 우주에 자신들이 유일무이한 이성체가 아닐뿐더러 불과 몇백 년만 늦었더라도 다른 위성의 형제들에게 정복당했을지도 모른다고 느꼈죠. 그 외계종은 발달한 문명의 힘으로 자신의 형제들을 정복했습니다. 그리고 노예로 만들었습니다.

그 외계종의 선조들은 일종의 기생충이었습니다. 보다 큰 생물의 감각기관 가까이 붙어 신경 다발이나 뇌에 촉수를 집어넣어 호르몬을 이용해 조종하는 게 본능이었죠. 그리고 그 외계종 또한 그런 일을 잘했습니다. 그때쯤에는 자신들이 하는 일이 정확히 뭔지, 그리고 어떻게 해야 그런 일을 더 잘할 수 있는지도 알고 있었죠. 그 외계종의 문화는 인간의 중세 시대에서 크게 나을 것이 없었지만 생리학과 신경과학, 유전학은 인간종보다 나았습니다.

그 외계종은 단순히 형제들을 노예로 삼은 것이 아니라 노예 종족으로 삼았습니다. 형제종은 스스로 생각하고 판단하는 능력을 잃었으며, 그 외계종에게 굴종하는 것만으로 쾌락을 느꼈고, 그들의 두개골에는 그 외계종이 편하게 올라탈 수 있는 자리가 생겼죠. 그 외계종은 각 위성의 신화를 개조해 자신들을 예견된 신으로 바꿔 기록했습니다. 이에 근거하여 우리는 이 외계종을 '작은 신들'이라고 부릅니다.

작은 신들은 암석 행성과 소행성대로 진출해 뒤늦게 물질문명을 발전시켰고 항성계 밖으로 여행하기 위한 능력도 충분히 발전시켰습니다. 그래서 우리와 만났지요.

작은 신들은 이미 몇 차례 다른 항성계의 외계종을 만난 상태였습니다. 그래서 그들의 우주선과 무기를 사용하고 있었죠. 하지만 우리의 기준으로는 너무 이른 여행이었습니다. 너무 여행에 몰두한 나머지 여행에 필요한 준비물은 충분히 마련하지 못한 것이죠. 작은 신들은 다른 존재들을 원하는 대로 개조하고 노예로 삼는 것에만 열중하고 있었습니다. 진짜 필요한 것이 뭔지 몰랐죠.

우리요? 우리는 잘 알고 있었습니다. 항성계에서 떠나오기 위한 준비물은 항성 그 자체입니다.

우주는 너무 넓으니, 광속에 미치지 못하거나 광속에 근접하는 것만으로는 원하는 만큼 여행할 수 없습니다. 등대가 있는 소마젤란성운은 17만 광년 거리에 있습니다. 빛의 속도로 이동해도 17만 년이 걸리죠. 하지만 워프 드라이브를 이용하면 2천 년이 걸리지 않습니다.

물론 워프 드라이브는 막대한 에너지가 듭니다. 전방으로는 인공 블랙홀을 만들어 공간을 수축하며, 모든 방향으로 암흑 에너지를 투사하여 버블을 만들고, 후방의 공간을 팽창시켜야 합니다. 그리고 이 모든 일을 하기 위해 태양을 사용하는 거죠.

작은 신들과 우리는 서로를 발견하지 못했다가 갑작스럽게 만났습니다. 우리는 시간을 더 단축하려는 목적으로 웜홀로 진입하기 위해 워프 버블을 꺼뜨린 상태였고, 작은 신들은 웜홀로 진입하려는 다른 외계종을 습격하기 위해 함대를 대비해두고 있었습니다. 우리의 태양은 다이슨 군체를 통해 에너지를 전환하고 있었기 때문에, 작은 신들 입장에선 느닷없이 눈앞에 항성이 나타난 셈이죠.

작은 신들도 워프 드라이브를 사용하고 있었지만, 항성에 대한 대비책은 없는 듯했습니다. 우리와 작은 신들은 같은 기술을 다른 규모로 사용하고 있었던 거죠. 작은 신들은 한발 늦게 주변의 인공물과 뒤따르는 세 개의 행성으로부터 자신들이 기다리던 외계종인 것을 알아차리긴 했습니다. 하지만 그들이 공격을 준비할 때 우리는 이미 공격을 끝낸 다음이었습니다. 발견은 비슷했지만 우리의 선택이 더 빨랐던 거죠.

다이슨 군체가 각도를 틀어 만들어낸 태양광을 집약한 초고열의 광선이 작은 신들의 함대를 가스로 만들었습니다. 작은 신들도 반격을 이어갔지만 빛보다 느린 무기는 무기를 쏘아낸 함선과 같은 말로를 걸었고, 빛과 같은 속도의 무기는 암흑 에너지의 공간 팽창력에 굴절되었습니다. 오로지 빛보다 빠른 무기, 워프 드라이브를 통한 충각 공격만이 유의미

했으나 큰 피해는 없었습니다. 워프 드라이브 운동에너지는 함선이 낼 수 있는 가속도로 한정되기 때문입니다.

작은 신들이 우리에게 보낸 마지막 메시지는 저주의 말들이었습니다. 다만 작은 신들은 우리를 다른 무언가와 오해한 것 같기도 했습니다. 작은 신들은 우리를 이미 알고 있던 것처럼 '승천자'라고 불렀거든요.

작은 신들로 미루어볼 때, 돌아보면 등대의 목소리는 안온하고 선량하게 느껴졌습니다. 등대는 지구의 존재들에게 동정적인 면모를 보이며 자신의 기술이 가치 있게 쓰이길 바란다고 말했죠. 하지만 인간종은 너무 오래 서로를 속이며 자랐습니다. 이유 없이 주어지는 것은 없다는 거죠. 자연히 왜 그것을 알려주느냐는 의문으로 나아갔는데, 거기엔 충격적인 이야기가 있었습니다. 사실, 인간종에게도 익숙한 이야기였죠.

그레이트 필터라는 가설이 있습니다. 우주가 이렇게 넓고, 인간이 거주 가능한 행성도 충분히 많다면, 외계인이 이곳저곳에서 발견되어야 하는데 왜 발견되지 않느냐는 겁니다. 이 가설에 따르면 대부분의 생명체가 우주로 나가 활동할 수 있는 기술 문명에 도달하기 전에 불가역적인 파멸을 맞이하기 때문이라고 합니다. 무기체가 유기체로 변하는 것이 바로 그런 일일 수도 있고, 지구에 지금까지 일어났던 수많은 대멸종이 바로 그것일 수 있으며, 인간종에게 위기를 주었던 흑

사병이나 세계대전, 냉전과 같은 것이 그레이트 필터일 가능성도 있습니다. 하지만 등대의 말에 따르면 그것은 그레이트 필터가 아닙니다.

그레이트 필터는 바로 다른 외계인입니다. 그리고 등대의 말에 의하면 지구는 그 거대한 거름망 바로 위에 있었습니다. 후에 만나게 되는 작은 신들은 귀여운 예시에 불과했죠.

등대는 초신성을 흉내 낸 빛만으로는 전달하기 어려운 기술로 지구와 그 주변을 관측했고, 지구에 있을 심대한 위협을 발견했습니다. 등대는 일종의 문화인류학자로 하위 문명에는 간섭하지 않지만, 안타까운 마음으로 예외적인 선택을 한 듯했습니다. 위기는 5백 년도 남지 않았기에 도움 없이는 인간종이 불운한 운명을 맞이할 터였습니다.

잠깐 동안의 패닉이 있었지만 약 5백 년 뒤의 일이기 때문에 등대의 메시지는 경고적인 성격보다 그 상냥함에 대해 회자되었습니다. 인류종은 우주가 나쁜 곳이라는 것을 달에 갈 때 이미 알았습니다. 그러니 사악한 외계인의 존재는 놀랍지 않죠. 하지만 상냥한 외계인의 존재는 실망할까 두려워 기대도 하기 힘듭니다. 인류종에게 좋은 소식은 아니었습니다. 위기감은 사라지고 안도감이 찾아왔으며, 사람들은 등대로부터 받아낸 놀라운 기술을 사용하며 늘 하던 일로 돌아갔습니다.

초장력 케이블로 로봇공학이 발전하고 뉴로모픽 컴퓨터로 기계가 인간 이상의 성과를 거두면서 자본이 직접적인 무력으로 부상했습니다. 핵융합으로 만들어진 무한한 에너지를 통해 상온 초전도체로 만들어진 하이퍼루프를 타고 전쟁 물자들이 오갔죠. 등대의 말 때문에 우리 자신이 그레이트 필터는 아닐 것이라고 잘못 해석한 이들이 보다 위험한 선택을 했습니다.

우리에게도 최악의 시기가 있었습니다.

아까 웜홀 이야기를 했었죠? 우리는 시간을 단축하기 위해 웜홀을 사용해야만 했습니다. 블랙홀의 강한 중력과 강착 원반의 환경은 여러 종류의 기묘체를 만들어내는데, 그중에는 웜홀도 있었죠. 시공간을 건너는 다리 자체가 시공간의 구성 요소인 셈인 겁니다. 물론 그렇게 생성된 웜홀은 지극히 불안정하지만 그건 암흑 에너지를 통해 구조를 유지할 수 있고, 웜홀이 가진 복잡한 위상수학적 구조와 양자 얽힘을 계산하면 각 블랙홀 간 웜홀이 어디로 이어질지도 계산이 가능했습니다. 우리는 임의로 '정거장'이라고 이름 붙인 퀘이사로 이동할 생각이었습니다. 정거장은 약 7억 광년 거리에 있었고, 이제는 어두워져가는 퀘이사였습니다.

17만 광년 거리를 가기 위해 7억 광년 거리를 이동한다고 하면 조금 이상하게 들릴지도 모르죠. 몇 가지 설명할 필요가 있겠습니다.

웜홀 그 자체가 블랙홀 주변에서 나타나는 기묘체이긴 하지만, 문제가 있습니다. 작은 블랙홀은 웜홀의 개수가 적다는 겁니다. 반면 초대질량 블랙홀에는 수많은 웜홀이 만들어집니다. 빛까지 나고 있다면 계산이 더 수월해지죠. 우리는 그 퀘이사에 우리의 목적지인 등대로 향하는 웜홀이 만들어졌을 것이라 계산했습니다. 그래서 우리는 수많은 블랙홀과 연결되어 있을 초대질량 블랙홀의 빛을 정거장이라고 부른 겁니다. 우리는 우리은하의 웜홀을 통과하여 정거장을 경유한 뒤 등대로 향할 생각이었습니다.

달리 기대하는 점도 있었습니다. 우리의 예상이 맞다면 정거장은 우리만이 아니라 다른 외계종들도 이용하는 장소일 가능성이 컸습니다. 우주는 너무 넓고, 빛보다 몇백 배 가속할 수 있는 워프 드라이브조차도 느립니다. 항상 웜홀을 이용할 수는 없더라도 아주 머나먼 거리를 단축시켜줄 정거장이 모두에게 필요할 겁니다.

그렇다면 다소 적대적인 외계인들조차도 정거장에서는 원한과 무기를 내려놓는 합의가 있을 터였습니다. 모두가 함께 이용해야 하는 장소에서 자신의 목적만 내세운다면 쫓겨날 것이 틀림없으니까요. 그리고 정거장에 도달하기 전에 우리의 예상을 확인할 수 있는 부분도 있었습니다.

작은 신들은 고립되고 폐쇄된 종족이기 때문에 정거장을 이용하진 않았지만, 정거장이 우리가 생각한 방식으로 쓰이고 있다는 건 알고 있었습니다. 그들은 다른 외계종 전체를 적대적으로 생각했기 때문에 회피하고 있었을 뿐이죠.

우리는 웜홀을 지나며 기대감에 충만해졌습니다. 정거장

의 누군가는 등대에 대해 알고 있을지도 몰랐습니다. 등대의 빛을 받은 또 다른 수혜자들이 있을지도 모를 일이죠.

하지만 우리의 기대는 웜홀을 지나친 순간 배신당했습니다.

우리가 웜홀을 통과하자 웜홀을 덮고 있던 장막이 벗겨졌습니다. 그것은 반대편 우주의 존재를 속이기 위한 홀로그램이었던 겁니다. 우리는 퀘이사의 중심, 그러니까 초대질량 블랙홀에 지나치게 근접한 상태였습니다. 우리가 계산한 좌표와 차이가 컸습니다. 문제를 인식하기도 전에 퀘이사의 강렬한 상대론적 분사출이 휘몰아치며 태양과 태양을 둘러싼 군체를 박살 냈습니다. 우리는 출력을 잃었고 태양은 분사출의 방향으로 천천히 밀려났습니다. 우리는 태양을 뒤따르며 상황을 파악하려 노력했지요.

다행히 우리가 강착 원반에 몸을 풍덩 담근 것은 아니었습니다. 우리를 때린 건 그저 강착 원반에서 튕겨져 나온 물방울에 불과했습니다. 하지만 그것만으로도 돌이키기 힘든 피해임은 자명했습니다. 퀘이사의 제트는 우리가 풍덩 빠진 범람한 강물이었고, 강착 원반은 우리 위로 쏟아지는 물줄기라고 할 만했습니다.

우리만 이 폭우에 휩쓸린 건 아니었습니다. 우리가 휩쓸린 궤도에 드문드문 외계 문명의 흔적이 보였습니다. 작은 신들을 연상하게 하는 우주 함대는 물론이고, 달과 같은 크기로 건조된 거대 함선이나 우리와 같이 항성을 에너지원으로 사용했던 흔적들이 있었죠. 정거장은 우리가 예측했던 대로 많은 외계인이 사용하는 장소였습니다. 우리의 판단이 틀렸던 게 아닌 거죠. 누군가 우리를 속이고, 함정을 파둔 겁니다.

초대질량 블랙홀의 힐 권에 도달하기까지 시간이 남아 있었지만 강착 원반에서 발생하는 가스와 에너지가 복구를 계속해서 방해했습니다. 확률적으로 따지면 강착 원반에 가까워질수록 그런 일이 빈번해지겠죠. 절망적이었습니다.

그때 우리를 도운 것은 '선한 사마리아인'이었습니다. 우리가 그때 붙인 별명이죠. 선한 사마리아인은 지구의 절반쯤 되는 크기의 거대 함선이었습니다. 과거 외계종이 만든 기계였죠. 다만 주인이었던 외계종은 모두 죽었고 그들이 만든 기계만이 매장선으로 남았습니다. 함선은 자아를 가지고 있었고, 그 어떤 이유도 없이 퀘이사에 휩쓸린 외계종들을 돕고 있었습니다. 선한 사마리아인은 역장을 통해 우리를 견인할 수는 있지만 우리가 지고 있는 짐까지는 불가하다고 말했습니다. 특히나 가장 무거운 짐은 내려놓을 수밖에 없다고 했죠. 태양 말입니다.

우리는 이성적인 판단으로 곧장 태양을 포기한 뒤 선한 사마리아인의 손을 잡았으나, 회한의 감정이 몰려오는 것은 어쩔 수 없었습니다. 태양과 비슷한 에너지원은 우주에 많습니다. 하지만 그 어떤 별도 태양은 아니죠. 지구의 모든 생명은 태양에 빚을 지고 있으니까요. 우리는 이 여행에서 또다시 소중한 것을 잃어버린 것이었습니다.

선한 사마리아인은 우리를 가까운 별까지 견인해주었습니

다. 안타깝게도 등대에 대한 이야기는 전혀 알지 못하는 것 같았죠. 우리는 질문을 바꿔서 정거장에서 일어난 일에 대해서 물었습니다. 선한 사마리아인의 말은 기이한 것이었습니다. 우리의 관측대로라면 초대질량 블랙홀은 이미 수천만 년 전 주변 가스를 모두 먹어치워 어두워지고 있었습니다. 우리가 예상한 바와 같이 정거장의 역할을 하고 있었다지요. 하지만 최근 이 블랙홀은 어디선가 가스를 공급받고 빛을 내뿜기 시작한 겁니다. 누가 어떻게 그런 일을 한 것인지는 알 수 없었습니다.

아직까지도 우리는 초대질량 블랙홀을 다시 퀘이사로 전환하는 방법에 대해선 알지 못합니다. 이론적으로 몇 가지 방법이 있겠지만 그런 일은 항성을 에너지원으로 사용하고 빛보다 빠르게 이동하는 것보다도 어려운 일입니다. 공공의 공간을 파괴하고 다른 외계종을 파멸시키기 위한 덫으로 쓰기 위해 그런 기술을 사용한다는 건 두려운 일이었습니다.

다만 돌아보면 그 선한 사마리아인은 모든 것을 알고 있었던 것 같기도 합니다. "행자여, 이 숲에서 그 무엇도 믿지 마라. 너 자신조차도." 그 말을 이해하지 못한 우리의 잘못이죠.

우리의 잘못에 대해 이야기해볼까요?

세계는 스스로를 포기하고 있었지만, 일부 포기하지 않았던 이들이 있었죠. 인류의 미래를 포기하지 않은 것이 아니라 자신의 부와 명예를 포기하지 않은 이들이요. 이사벨라와 소피아였습니다. 암호를 풀 수 있는 키조차 나름의 쓸모가 있을 정도의 아름다운 암호를 만들었다면, 그 자체가 또 다른 암호일 가능성도 있었습니다. 등대가 알려준 과학기술이 충분히 발달한 다음에야 그 문장을 진정한 형태로 풀어낼 수 있는 것이라면요? 이들의 비밀 클럽은 반쯤 등대를 숭배하는 종교 단체가 되었지만 여전히 학술적인 활동을 했습니다. 글을 읽을 줄 아는 사람이라면 모두가 한 번은 읽었을 등대의 목소리지만 그것에서 무언가를 발견해낸다면 역시 최후까지 읽었던 사람들이겠지요. 소피아는 등대의 목소리로부터 새로운 기술을 발견해냈습니다. 마인드 업로딩이었죠.

등대가 알려준 뉴로모픽 컴퓨터는 기존 컴퓨터의 성능을 비약적으로 끌어올렸지만 그게 진정한 쓸모는 아니었습니다. 일정 조건에서 생물의 실제 뉴런 전기신호와 대응되기 때문에, 부분적으로 또는 뉴로모픽 컴퓨터 전체가 뇌의 역할을 대신할 수 있었던 겁니다. 인간의 의식을 컴퓨터로 옮길 수 있게 된 거죠. 마인드 컴퓨팅인 셈입니다. 이 마인드 컴퓨팅의 의의는 그것으로 끝나지 않았습니다. 특별한 외과적·물리적 처치를 거친다면 두 개의 마인드는 통합이 가능했고 더 뛰어난 연산 능력과 창의성, 문제 해결 능력을 보였습니다. 이사벨라의 계산에 따르면 마인드 컴퓨터의 역량은 계속 상승하다 특정 지점에 이르러 기술 특이점을 돌파했습니다. 마인드 컴퓨터가 스스로 더 나은 마인드 컴퓨터를 만들어낼 것이라는 거죠.

이사벨라와 소피아의 비밀 클럽은 마인드 컴퓨팅을 통한 통합이야말로 등대의 진의라고 판단했습니다. 그럴 수밖에요. 모든 사람이 컴퓨터가 되는 것, 그리고 그것을 넘어 다른 누군가와 하나가 되는 것을 좋아하진 않겠죠. 그리고 마인드 컴퓨팅에 필요한 스캐닝 기술에도 문제가 있었습니다. 뇌를 3만 4천 조각으로 나누는 불가역적인 파괴 스캔뿐이었거든요. 때문에 비밀 클럽은 등대가 이러한 지식을 숨길 수밖에 없었다고 생각했습니다. 각오를 다진 오직 소수의 사람만이 그 사실을 발견해내고 이런 프로젝트를 진행하도록 안배한 것이죠. 비밀 클럽, '항해자'들은 우선 지원자들로 마인드 컴퓨팅을 시작했습니다. 마인드 컴퓨터는 등대의 유산으로부터 새로운 가치를 찾아내고 주식시장의 너울거림에 파도를 탔으며, 자신에게 위협이 되는 존재들을 영생이란 이름으로 유혹하고 매수해나갔습니다.

항해자들이 늘 잘되기만 했던 건 아닙니다. 세계는 격랑에 휘말리고 있었고, 등대의 유산으로 인한 피해가 커지자 동반해서 등대에 대한 반감 여론도 커져 반쯤 해체될 뻔하기도 했습니다. 하지만 지속적으로 유지·보수되는 한 마인드 컴퓨터는 늙어 죽지 않습니다. 백 년이 지나 화성과 달에 식민지가 생기고 명왕성에 탐사선이 도착하는 동안, 항해자들은 자신들을 전면에 드러낼 정도로 그 위상을 키웠습니다.

물론 그 시점에 통합주의자가 항해자들만 있었던 건 아니죠. 하지만 통합이라는 대의 아래에서 그들은 하나였습니다.

이사벨라와 소피아를 포함한 항해자들 또한 원숙해져 이제는 부와 명예를 바라지 않았습니다. 정확히 하자면, 마인드 컴퓨팅을 위해선 전전두엽과 뇌간 일부를 물리적으로 절제해야 하기 때문에 바랄 수 없게 된 거죠. 뒤늦게 통합주의자를 경계하는 이들이 목소리를 키웠지만 때는 늦었습니다.

여남은 명의 통합주의자가 서로의 존재를 알고 통합되자 세력 규모가 작은 국가 단위를 넘어섰고, 기술적 특이점에 도달했습니다. 일주일이 지나기 전에 에너지들이 약탈당하고 한 달이 지나기 전에 큰 국가의 기반 산업시설이 제압되었습니다. 많은 국가에서 로봇 병사를 채용하고 있었기 때문에 해킹에 지나치게 취약했습니다. 그렇지 않은 국가들은 사람의 목숨을 소모해야 했기 때문에 몇 번의 전투로 국력이 크게 쇠했습니다. 많은 국가가 전쟁을 포기했습니다. 산발적인 쿠데타와 게릴라가 있었지만, 인류종은 자신들에게 일어난 일이 무엇인지 이해했습니다. 인류 역사에 없었던 세계 통일이 성립된 거죠.

통합주의자의 단 한 가지 목표는 통합이었습니다. 대외적으로는 정보를 영생 시술이나 보호 조치 명목으로 왜곡하는 대중 전략, 그리고 각 지역을 격리하고 민간인을 분산하는 정책으로 매일 수백만 명의 사람이 통합되었습니다. 하지만 아무리 똑똑하고 힘 있는 이라 할지라도 모든 것을 얻을 수는 없는 법입니다.

마지막 제국들이 최후의 무기를 사용했습니다. 비밀 무기고와 핵잠수함에서 쏘아진 미사일들이 주요 통합체들로 향했죠. 달에도요. 화성은 공전주기 덕분에 행성 간 요격 체계를 통해 격추할 수 있었습니다. 각 도시 방공호에 숨어든 다수의 통합체는 살아남았지만 통합을 하기 위해 몰려든 인류종과 도시는 그렇지 못했습니다. 끔찍한 가을이 찾아왔습니다.

녹아내린 대지 위로 수개월 동안 검은 비가 내렸습니다. 북반구 전체가 구름에 가려졌고, 인류사에 전례 없는 기후를 맞아 통합주의자를 피해 살던 수많은 피난민이 얼어 죽거나 굶어 죽거나 병들어 죽었습니다.

기나긴 가을이 끝나자 우리는 진정한 의미의 통합을 이뤘다는 걸 알게 됐습니다. 뜻하던 방향은 아니었지만요.

행위와 별개로 우리는 악한 의도를 가진 것이 아니었습니다. 우리는 등대의 빛과 목소리를 기억하고 있었습니다. 그리고 태양계 변방에 있는 우리의 눈은 아주 멀리에서 어두운 그림자가 지구로 향해 오는 것을 볼 수 있었습니다. 등대의 경고가 없었다면 길 잃은 성간 행성쯤으로 생각했겠지요. 우리는 맞서 싸울 준비를 하거나 도망가야만 했습니다.

시간과 자원이 부족했으므로 둘 중 하나의 계획만이 가능했고, 불확실한 싸움보다는 도망가는 것에 집중했습니다. 도망간다면 어디로 도망가야 할 것인지는 분명했죠. 바로 등대였습니다.

등대는 우리를 지켜줄 힘이 있을 테고, 그게 아니더라도 통합이라는 대목표를 감안하면 우리가 도달할 곳이 바로 등대이기도 했습니다. 맞아요. 우리는 등대와도 통합할 생각이었습니다.

목표가 정해지자 모든 자원이 효율적으로 사용되었습니다. 행성 간 테더가 복구되었고, 수성에 채굴 기지가 지어졌습니다. 자가 조립 기계가 채굴 기지에 매스 드라이버를 설치하고 태양을 향해 다이슨 군체에 소속될 태양열 집광판을 쏘아댔습니다. 초기 수성 채굴 기지의 핵융합은 생산량에 한계가 있었지만 태양열 집광판이 대부분의 에너지를 다시 수성으로 보내자 지구와 달, 화성의 자원을 모조리 수성으로 보내도 태양열 집광판 생산량이 턱없이 부족해졌습니다. 30년이 지나기 전에 태양에너지의 10퍼센트를 이용할 수 있는 다이슨 군체가 완성되었습니다. 태양계 내에선 사실상 무한한 에너지라 할 만했습니다.

덕분에 달 궤도 가속기로부터 암흑 에너지 생성이 가능해졌고, 국소적인 블랙홀 생성과 유지 실험에도 박차가 가해졌습니다. 워프 드라이브를 이용하되 태양을 에너지원으로 삼고, 몇 개의 행성을 태양의 에너지로 가속시켜 함께 이동하는 방법론이 대두되었습니다. 수성과 금성, 지구, 화성에 통합체들이 설치되고 에너지 사용량 한계에 도달할 때까지 연산력을 끌어올렸습니다. 에너지가 부족하다고 판단되어 수성을 완전히 해체한 뒤 태양에너지를 25퍼센트까지 사용할 수 있게 되었습니다.

등대의 빛으로부터 3백 년 뒤, 우리는 태양을 움직여 원하는 곳으로 갈 수 있게 되었습니다. 태생으로부터 정해진 궤도에서 벗어나 자신의 뜻만으로 어디든 갈 수 있게 된 겁니다. 이제 우리는 제3형 문명의 시작점에 도달했으며, 유년기가 끝났다고도 할 수 있었죠.

그래서 우리가 등대에 도달했느냐고요? 네, 그렇습니다. 우리의 노력은 헛되지 않았죠. 어두운 그림자로부터 도망쳐 작은 신들을 죽이고 정거장에 발이 묶였다 선한 사마리아인의 도움을 받아, 여정을 시작한 지 4백 년 뒤 우리는 아직 낯선 항성을 끌어안고 웜홀을 빠져나와 등대가 있는 소마젤란성운에 도달했습니다.

소마젤란성운은 기묘할 정도로 적막한 곳이었습니다. 물론 우주는 매질이 없어 소리가 전달되지 않죠. 하지만 이제 우리는 과거의 인간종과 달리 전자기파와 중력파 사이로 들려오는 잡음들, 그러니까 멀리서 보내온 외계종의 알아들을 수 없는 신호를 구분해낼 수 있었습니다. 하지만 이곳 소마젤란성운은 무척이나 생명이 적은 곳이라 할 만했습니다.

생명이 가득한 우리은하와 멀지 않은 곳이므로 그건 이상했습니다. 우리는 등대의 위치로 이동을 하면서도 무언가 이상하다고 느끼긴 했지만, 그것으로부터 어떤 판단을 해야 하는지는 미루고 있었습니다. 아마도 느끼고 계시겠지만, 우리는 정해진 일을 추진할 때는 그 어떤 의사 결정 과정보다도 합리적이고 경제적이지만 반대로 무언가를 회의하는 데는 그리 적합하지 않습니다. 등대로 간다는 목적이 성사되기 전까지, 우리는 우리의 목적에 대해 반대하지 않습니다. 우리는 하나니까요. 반대할 목소리는 모두 묻어버렸으니까요.

그렇기 때문에 어둠 속에서 등대가 눈을 떴을 때, 소스라치게 놀랐습니다. 마치 작은 신들이 우리를 발견했을 때처럼요.

등대는 다이슨 구체였습니다. 그래서 눈을 뜨기 전에는 발견되지 않았던 거죠. 다이슨 군체가 항성의 주변 에너지를 받아낼 기기들로 덮는 것이라면, 다이슨 구체는 항성을 완전 차폐하는 것을 말합니다. 그렇기 때문에 항성이 매초 뿜어내는 에너지를 백 퍼센트 전환하여 사용할 수 있죠. 구체가 덮고 있는 항성 또한 태양의 1,500배가량인 적색초거성이었습니다.

눈을 뜬다고 표현했지만 등대가 특별히 구체를 걷어낸 건 아니었죠. 구체는 그 자체로 발광할 수 있었고, 단순히 빛을 내는 수준은 아니었습니다. 등대는 초신성 흉내를 낼 수 있었습니다. 그 말은 초신성 폭발의 빛만큼은 아니더라도, 그것을 흉내 낸 에너지를 한 점으로 방사할 수 있다는 뜻이기도 합니다.

단 일격에 우리의 새로운 항성 표면이 걷어지며 납작해졌습니다. 군체는 모조리 녹아 사라졌고, 가장 전면에 있던 금성 맨틀은 바짝 구워지다 못해 터져 나가 금성 중력 밖으로 튕겨 나갔습니다. 항성 뒤쪽에 줄지어 있던 우리는 진정한 종말이 다가옴을 확인했습니다. 이 모든 것이 함정이었던 거죠.

종말은 우리가 생각했던 것보다 더 나빴습니다. 우리의 탈

것이 망가진 걸 확인한 등대가 다이슨 구체를 이루고 있던 기나긴 촉수를 뻗어왔거든요.

태양계 절반가량의 거리에 있었고 도달할 때까지 시간도 꽤 있었습니다. 그래서 더 끔찍하게 느껴지긴 했지만, 도망치진 못해도 등대를 관찰하고 등대에 대해 생각할 시간은 있었죠.

등대는 유기체인 듯했습니다. 다른 외계종으로부터 만들어졌을 가능성도 있지만 우리가 보내는 어떤 통신에도 응하지 않았고, 그걸 받아낼 수 있는 기관의 존재도 확인되지 않았습니다. 우리는 전투 함대를 내보내 등대를 이루는 촉수를 잘라 표본을 확보했는데, 자각이 있을 만큼 복잡하지 않았습니다. 무엇보다도 등대 스스로가 자신이 알고 있는 정보를 반영하지 않고 있었습니다. 등대는 초광속 이동을 할 줄도 모르고 심지어 통합체도 아니었습니다. 훨씬 단순한 생물이었습니다. 그럼 등대는 어떻게 그런 정보를 보낸 것일까요?

등대라는 외계종은 항성이 생성될 때 그 가스 구름에서 만들어지는 종족이라고 가정해볼 수 있습니다. 이 외계종 중 일부는 의미 있는 신호를 다른 외계종에게 발산함으로써 유인할 수 있고, 그것이 이 외계종의 생존에 도움을 주었을지 모릅니다. 외계종이, 진화될 정도로 가까이 그리고 많이 있었을까요? 앞서 말했던 것처럼 초기 우주라면 어렵지 않은 환경이었을 겁니다.

처음에는 '이리 와'라거나 '도와주세요' 같은 간단한 신호였겠죠. 하지만 다른 외계종을 삼킨 뒤 그 정보를 다시 내뱉었습니다. 다른 외계종이 있을 만한 행성을 향해서요. 복잡해진 정보는 '우리는 너희를 도와줄 수 있다'거나 우주여행에 도움이 되는 지식이었을 겁니다. 우주여행이 가능해야만 다른 외계종이 등대에 접근할 테니까요. 점차 고도로 복잡한 지식이 더 생존에 유리해지게 됩니다. 우주는 팽창하고 있고 별들은 멀어지니까요. 하지만 여전히 이 생존 전략은 웜홀과 워프 드라이브 같은, 빛보다 빠른 우주여행 방법 덕에 유효하게 작용합니다.

여기에 복잡한 지성은 필요 없습니다. 외계종이 다가오면 빛을 쏘아 발을 묶고 가진 모든 것을 채 갑니다. 그리고 자신의 생존에 더 유리한 복잡한 정보를 선별합니다. 지성만이 그런 정보를 판별하는 방법은 아니니까요. 등대에게 잡아먹힌 외계종들은 유사하고 공유되는 정보들을 가지고 있을 겁니다. 웜홀 사용이나 워프 드라이브에 대한 지식, 그리고 전체주의 또는 통합주의. 그렇게 해서 등대는 우주 여기저기로 초신성의 빛을 쏘아대며 가장 많은 외계종을 유인하는 목소리만 남겼을 겁니다. 우리는 그 결과고요.

이제 우리는 그레이트 필터의 실체를 알게 되었습니다. 우리가 그 많은 피를 흘리며 이룩해낸 통합주의와 먼 우주로의 항행은 제대로 이해할 수조차 없는 외계종의 식사가 되기 위해서였습니다. 우리는 우주의 중심이 아니었고 우리를 우리라고 믿게끔 만드는 지성은 짚으로 만든 개와 구분이 되지 않는군요. 우리는 우리의 과오로 빚어낸 못난 최후로서 끝을 맺습니다.

……그럴 예정이었지요. 느닷없이 쏘아진 유성우가 아니었더라면요.

이 유성우는 어디서 온 것일까요? 아직은 알 수 없습니다. 우리를 뒤쫓아 오던 어두운 그림자였을까요? 등대가 지성이 없는 존재라는 것이 밝혀지고 어두운 그림자가 진정 우리에 대한 위협이라는 근거는 사라졌습니다. 우리는 그것이 정확히 무엇인지도 모른 채 도망쳐 왔으니까요. 만약 실존하는 위협이라면 등대와 공생하고 있는 또 다른 생물일지도 모르고, 우리가 알 수 없는 방법으로 만들어낸 등대의 미끼일지도 모릅니다.

아니면 작은 신들이 단말마의 비명처럼 외쳤던 승천자의 짓일까요? 승천자라는 개념은 상위 차원에 대해 암시하고 있습니다. 하지만 이런 유성우를 쏘아 보내기 위해서 그런 힘까지는 필요 없습니다. 자가 조립 로봇을 이용해서 몇 개의 항성 간 추진 시스템을 만들어 소행성군을 쏘아내면 우리도 할 수 있는 일이니까요.

또다시 선한 사마리아인이 우리를 도운 걸까요? 하지만 선한 사마리아인은 아직 정거장에 있겠죠. 그리고 이건 그다지 선한 방식이 아니기도 합니다. 등대만이 아니라 우리에게도 위기가 찾아왔으니까요.

빛의 속도에 근접한 유성우는 우리와 등대가 있는 항성계를 덮쳤습니다. 화성은 운 나쁘게 연달아 유성을 맞았고 지표면이 완전히 긁혀져 나갔습니다. 마지막 남은 우리는 제트 엔진을 이용해 가장 가까운 가스형 행성에 몸을 숨기긴 했습니다. 아, 등대 말인가요?

등대는 지나치게 컸습니다. 운동에너지만으로도 엄청난 충격이지만 순간적인 잠깐의 감마선 폭발과 뒤이어 주변의 모든 것을 분해하는 플라스마 폭발이 연쇄했죠. 등대는 하루를 넘기지 못하고 그 형체를 잃었고, 이틀이 지나자 완전히 가스 구름으로 화했습니다.

이것을 우리에게 주어진 기회라고 하기에는 너무나 가혹합니다. 우리는 지구 지표면 아래로 통합체를 비롯한 많은 설비를 옮기고 있지만 시간이 촉박합니다. 그리고 그것만으로는 유성우를 두어 개 정도 버티고 말겠죠. 우리를 보호해 주는 가스 행성의 수명도 얼마 남지 않았으니 등대가 있던 항성 뒤로 숨거나, 아니면 더 멀리 유성우의 영향력이 닿지 않는 카이퍼 벨트 밖으로 도망쳐야 합니다. 너무 멀죠. 어느 쪽이든 희망은 없습니다.

물론, 우리가 우리로 여전히 존재한다면 그렇다는 거죠.

유성우는 행성 단위에서는 큰 위협이지만 작은 우주선이라면 그렇지 않습니다. 항성계의 진공 공간은 충분히 넓고,

아폴로11호 정도 크기라면 카이퍼 벨트 밖으로 나아가다 유성우에 부닥칠 확률은 0.001퍼센트도 되지 않습니다. 물론 예측할 수 없게 날아오므로 하나의 우주선에 모든 것을 태울 수는 없습니다. 가능하면 많이, 그리고 넓게 퍼져야 하므로 각각의 우주선은 스스로 생각하고 판단할 수 있어야 합니다. 우리는 우리가 아니기만 하다면 충분히 살아남을 수 있다는 거죠.

우리는 판단을 마쳤습니다. 계산 결과 행성 단위의 우리를 유지하는 것보다 개별적인 우리, 즉 '나'들의 생존 확률이 수십만 배 높습니다. 이 항성계의 카이퍼 벨트는 유난히 멀고, 이 항성계를 벗어나 또 다른 항성계로 진입하는 데는 각 우주선의 핵융합 엔진으로 가속해도 광속의 2퍼센트에도 도달할 수 없으니 약 수백여 년은 걸리겠죠.

우리는 서로 다른 항성계로 진입할 테고 다시 만나기까지 긴 시간이 걸릴 겁니다. 그때가 되면 우리는 같은 생각을 하는 통합체라고 할 수 없을 겁니다. 태양도 잃고, 뇌도 잃고, TRPG 모임도 잃고, 이사벨라와 소피아도 잃었지만 다시 인류종으로 돌아가는 거죠.

우리가 다시 우리가 될까요? 글쎄요. 우리 중 누군가는 우리가 되는 것이 가치 있는 도전이었다고 생각하겠죠. 하지만 또 다른 우리 중 누군가는 우리가 실패했다고 생각할 겁니다.

중요한 건 우리는 실패를 기억하고 있고, 우주가 두렵다는 사실을 알고 있습니다. 우리가 우리로 남지 못하더라도, 서로를 위할 수는 있겠죠. 그러니 다시 만날 때를 대비해 이렇게 우리의 불우한 청춘사를 남깁니다.

우리를 위해, 그리고 나를 위해.

크리티크critique

그 길의 악몽,
그 얼굴의 빛

심완선(SF 평론가)

1. 빛이 가리키는 곳에는

밤에 냉장고에서 야식을 찾아서는 안 된다면, 왜 거기에 전등이 있는 거야?

인터넷 사이트 〈레딧〉에서 출발한 듯한 위 질문은[1] 의외로 끈덕지게 기억에 남았다. 한밤중 냉장고에서 뿜어 나오는 빛은 대낮일 때와 다름없이 음식을 발견하도록 돕는다. 빛은 표식이다. 포인트 앤드 클릭 방식의 게임을 예로 들면, 게임 속에서 플레이어가 상호작용할 수 있는 대상은 빛이 나거나 밝은 윤곽선을 지닌다. 클릭해도 아무 일도 생기지 않는 지점은 어둡고 밋밋하게 표시된다. 빛이 가리키는 곳이 올바른 길이다. 자동차가 다니는 도로에는 밝은색으로 차선이 그려져 있다. 야광 도료를 섞은 차선은 밤에 헤드라이트 불빛을 받으면 밝게 빛난다. 덕분에 운전자는 시야가 어두워도 도로를 제대로 달리고 있는지 확인한다. 인간이 다니는 길에는 가로등이 빛을 비춘다. 일정 간격으로 서서 어둠을 몰아내는 가로등은 밤길을 안내하는 동시에 안전한 느낌을 선사한다. 가로등이 멀쩡하게 작동하는 곳은 문명과 질서의 지휘 아래

1 원문은 이렇다. "If you're not supposed to eat at night, why is there a light bulb in the refrigerator?" by Yekduitin(https://www.reddit.com/r/NoStupidQuestions/comments/112krsg/if_youre_not_supposed_to_eat_at_night_why_is/).

잘 관리되고 정돈된 공간이다. 빛은 감각적으로나 실질적으로나 이정표 역할을 한다. 우리는 빛에 익숙하다.

그러므로 "가로등을 세운 사람들은 환하다는 게 나쁜 의미가 될 수 있다고 생각하지 않았을 것이다".[2] 사방으로 뻗어 나가는 불빛은 밤에 움직이는 생물종에 치명적인 영향을 끼친다. 가로등이나 건물의 불빛은 몇십 미터 밖에서부터 곤충을 사로잡아 헛된 비행을 하도록 만든다. 미국의 9·11 희생자를 기리는 추모 행사 '트리뷰트 인 라이트'는 새에게는 죽음과 혼란을 선사한다. "그라운드 제로에 설치된 7,000와트 이상의 전조등 88개가 두 개의 선을 그리며 하늘을 향해 빔을 쏘아 올린다. 해마다 빛의 향연이 벌어질 때면 빛 안에서 은색 점들이 보였다. 그것이 테러 희생자들의 영혼이라고 생각하는 관중들도 몇몇 있었지만 [……] 그것은 바로 광선에 사로잡힌 새 떼였다."[3] 과잉생산된 빛으로 인한 광공해는 인간의 생체리듬도 교란한다. 이희영의 「시계탑」은 이를 "빛의 폭격"(p. 101)이라 부른다. 밤이 되어도 빛이 사라지지 않으므로, 화자는 어두울 때 잠들었다가 자연광을 받으며 자연스럽게 깨어나는 생활을 잃어버린다. 사방을 밝히는 빛으로 인해 치르는 대가다.

그렇다면 인간이 빛의 주인이라는 생각을 재고할 필요가

2 아네테 크롭베네슈, 『우리의 밤은 너무 밝다』, 이지윤 옮김, 시공사, 2021, p. 19.

3 같은 책, p. 133.

있다. 정보라의 『밤이 오면 우리는』(현대문학, 2023)은 인간이 기존의 지위에서 탈락한 세상을 묘사한다. 기술이 극히 발전한 이후 인간과 기계의 위계는 뒤집힌다. 인간은 로봇에게 사냥당한다. 로봇은 체온을 추적하므로 아늑한 실내보다 추위에 노출된 공간이 안전하다. 건물 내에 부착된 센서 등은 제멋대로 켜지기 때문에 위험하다. 그곳에 인간이 있다는 사실을 로봇에게 알려주기 때문이다. 전기가 흐르는, 편리한(적어도 과거에는 편리했을) 기계가 설치되어 있는, 불빛이 들어오는 공간은 화자의 두려움을 자극한다. 인간이 자신의 방식대로 살아남으려면 '기계의 합리'에 어긋나는 불합리의 영역에서 활동해야 한다. 여기서는 괴물이 아니라 인간이 어둠에 숨는 존재다.

물론 인간이 만든 기술이 인간을 향한 무기가 된다든가 통제를 벗어난 로봇이 인간을 죽이려 든다는 설정은 SF에 오래전부터 등장한 소재다. 인공적인 것은 위험하고 자연의 산물은 바람직하다는 생각도 해묵은 이분법이다. 메리 셸리의 『프랑켄슈타인』(1818)의 '괴물'은 전기 충격으로 생명을 얻은, 자연의 섭리에 어긋난 존재이기에 괴물이다. 전기는 인위적이다. 조명을 흥미롭게 사용한 프리츠 랑의 SF 영화 「메트로폴리스」(1927)는 도시의 불야성에 속한 빛과 자연이 피우는 불빛을 노골적으로 대조한다. 프리츠 랑은 동명의 소설 원작에서 마법이나 신비로움에 관한 내용을 덜어내고 기계에 집중했다. 주요 등장인물 중 아름답고 선량한 역할을 담당하는 '마리아'는 햇빛이나 촛불의 부드러운 빛을 받으며 편안한 미소를 짓는다. 그러나 미친 과학자인 '로트왕'이 지하 묘지에서 그녀를 쫓아갈 때, 그가 비추는 손전등의 불빛은 마리아를 미치도록 공포에 떨게 만든다. 어둡고 미로 같은 지하 묘지에 내리꽂히는 손전등 불빛은 관객에게 마리아의 모습을 낱낱이 보여주는 한편 로트왕의 끈질긴 시선을 대변한다. 나아가 로트왕이 '가짜 마리아'로 제작하는 로봇도 전기의 힘으로 만들어진다. 가짜 마리아는 인공조명이 나타내는 부자연스러움의 요체다. 마리아를 흉내 내어 사람들을 속이던 이 거짓 선지자는 마지막에 정체가 들통나 화형에 처해진다. 땅에는 정화의 불길이 피어오르고 사악한 것들은 물러가며, 하늘에서는 빛이 내리쬔다. 인공조명과 달리 이런 자연의 불빛은 도시를 다시 태어나게 한다.

인공/자연의 이분법은 구조가 단순하다. 그리고 전자를 향한 경계심은 그저 낯선 것을 꺼리는 편협한 본능의 표현일지도 모른다. 로버트 루이스 스티븐슨은 「가스등에 대한 간청 A Plea for Gas Lamps」[4](1878)이라는 짧은 에세이에서, 도시에

4 "a new sort of urban star now shines out nightly, horrible, unearthly, obnoxious to the human eye; a lamp for a nightmare! Such a light as this should shine only on murders and public crime, or along the corridors of lunatic asylums, a horror to heighten horror"(Robert Louis Stevenson, *The Works of Robert Louis Stevenson Miscellanies* volume 3, 1895, p. 194).

새로이 등장한 가스등이 번쩍이는 풍경을 한탄한다. "새로운 종류의 도시의 별이 이제 밤마다 빛을 낸다. [……] 사람의 눈에 끔찍하고 섬뜩하고 불쾌한, 악몽을 꾸게 하는 등불이다! 그런 불빛은 살인이나 공공 범죄 현장 또는 정신병원 복도에나 어울릴 것이다."[5] 이는 지금 보기엔 호들갑스럽게 느껴지는 구석이 있다. 스티븐슨의 감각과 반대로 인간들의 거주지는 꾸준히 밝아졌다. 가스등의 뒤를 이어 등장한 아크등, 백열등, LED는 가스등에 비하면 푸르도록 밝다. 그러나 인공조명이 악몽의 빛이라는 외침은 광공해를 생각하면 의외로 유효한 경고처럼 보인다. 과거의 유행이 돌고 돌아 현재와 만나는 부분이다.

새로운 기술이 길을 인도하는 등불이 되어주리라는 사고방식에 관해서도 경고가 있다. 존 윈덤의 『트리피드의 날』(1951)은 갑작스러운 재난으로 인해 인류가 피식자로 변하는 세상을 예견한다. 찬란한 유성우가 쏟아지던 밤, 하늘에서 유성우의 녹색 빛을 본 사람들은 다음 날 모두 눈이 멀어버린다. '빌 메이슨'은 눈을 치료하느라 붕대를 감고 있었기에 유성우를 보지 못한다. 그는 눈먼 자들의 세상에서 눈 뜬 자가 된다. 인류는 대다수가 시력을 잃은 탓에 순식간에 생존조차 위기에 몰린다. 더군다나 인류가 농장에서 착취하던 기괴한 식물 '트리피드'가 혼란을 틈타 세상에 풀려난다. 유

5 브루스 왓슨, 『빛: 신화와 과학, 문명 오디세이』, 이수영 옮김, 삼천리, 2020, p. 279에서 재인용.

전자조작과 우연이 맞아떨어져 태어난 트리피드는 세 갈래 뿌리를 움직여 걸어 다니고, 썩은 고기를 먹으며 독침으로 먹이를 사냥한다. 그들은 개체끼리 사냥 요령을 공유하며 무서운 속도로 수를 불린다. 인류의 오만함은 두 가지 녹색 재난으로 인해 빠르게 무너진다.

녹색 유성우가 인간의 시력을 앗아간다는 사건은 가능성이 희박한 만큼 뜬금없어 보이지만, 윈덤은 그조차 인류가 자초한 재난이리라는 추론을 덧붙인다. 지구 주변에 띄운 무수한 인공위성에 어떤 무기가 숨겨져 있었는지는 아무도 모른다. 그중 인간의 시력을 공격하고자 개발된 정체불명의 물질이 예기치 않게 폭발을 일으켜 최악의 방식으로 사용되었다면? 작중 하늘에서 반짝였던 빛은 가로등이 곤충을 사로잡듯 인간으로 하여금 길을 잃게 만드는 가짜 표식이다. 빌 메이슨은 작은 공동체를 운영하며 유전자조작 기술로 인류의 복권을 꾀하지만 전망은 밝지 않다. 마찬가지로 위래의 「춘우삭래春雨數來」에 등장하는 '등대'는 치명적인 함정이다. 머나먼 외계에서 지구에 신호를 보낸 등대는 인류에게 진보한 문명의 빛을 기꺼이 비춰주는 듯이 보인다. 등대가 있을 행성은 인류에게 안전한 피난처가 되어줄 것만 같다. 그러나 막상 인류가 그곳에 도착하자 포식자가 본색을 드러낸다. 등대는 별이 발산하는 에너지마저 모두 탐욕스럽게 빨아들이는, '다이슨 스피어' 형태의 거대한 생물이다. 등대가 선사한 '뉴로모픽 컴퓨터' 등의 기술은 초롱아귀의 불빛처럼 먹이를 불러들이는 미끼에 불과하다. 그것은 인류에겐 매혹적이었더라도 등대에겐 무의미하다. 빛은 인간을 위한 안배가 아니다. 누구에게서 기원했든, 이런 작품에서 빛은 인간의 자기중심적 사고방식을 조명하는 역할을 맡는다.

2. 빛이 있으라

한편 우리가 빛을 대하는 태도는 학문이 신비주의에서 벗어난 과정과 관련이 있다. 빛을 분석하고 실험한 과학자들은 태양광이나 별빛을 신의 은총이 아니라 자연현상으로 뒤바꿨다. 인간이 인식하는 가시광선은 전자기파의 일부라는 사실이 증명되었다. 광학에 힘입은 관측 기술은 지구 바깥에서 온 빛을 분석하여 우주의 실체를 드러냈다. 우주에는 태양계 외에도 다른 항성계가 얼마든지 존재한다. 태양과 지구는 은하 한구석에 우연히 태어난 별이다. 심지어 우리은하조차 유일무이하지 않다. 인간의 문명은 대단치 못한 것일지도 모른다.

SF에서도 종교적인 것을 신비롭지 않게 바꾸는 변환 작업이 거듭 이어졌다. 영국의 SF 작가이자 영문학 박사 및 교수인 애덤 로버츠의 견해에 따르면, 이런 탈피야말로 SF의 본질이다. 그는 SF가 (적어도 서구에서는) 17세기의 특정한 문화 이데올로기 맥락에서 대두된 가톨릭 및 개신교 사이의 변증법으로 대두되었다고 말한다.[6] 이는 SF가 초자연적인 성질을 지닌 마법 혹은 신비를 물질적이고 합리화 가능한 과학기술의 서사로 통역하는 일이라는 말이기도 하다.

이에 부합하는 예시로, 아서 클라크의 단편 「동방의 별」(1955)은 기독교의 신에 의문을 품는다. 작중 우주선의 수석 천체물리학자이자 예수회 신부인 화자는 동료들과 대화를 나눈다. 그들은 지구에서 3천 광년 떨어진 곳에서 일어난 초신성 폭발의 잔해를 조사하는 임무를 맡았다. 그리고 그곳에서 문명의 흔적을 발견했다. 이름 모를 과거의 문명은 자신들의 태양이 죽음을 맞이하리라는 사실을 알고 항성계 끝자락에 일종의 박물관을 지어두었다. 그들이 뛰어나면서도 선량했다는 점은 명백하다. “찬란한 문화가 정점에 달한 시점에서 그렇게 완전하게 멸망하여 단 한 명의 생존자조차 남기지 못한 채 사라진다는 것을 어떻게 신의 자비심과 조화시킬 수 있을까?”[7] 신을 믿지 않는 동료들은 그것을 신이 존재하지 않는다는 증거로 여길 것이다. 그러나 물리학자는 오히려 신을 발견한다. 초신성이 폭발하며 뿜은 빛은 매우 강렬하므로 지구에도 도달했을 것이다. 폭발 시점과 빛의 속도를 계산하면, 예수가 탄생할 때 하늘에서 환하게 빛나며 동방박사

6 Adam Roberts, *The History of Science Fiction*, Palgrave, 2005 참고.

7 아서 클라크, 『아서 클라크 단편 전집(1953-1960)』, 고호관 옮김, 황금가지, 2014, p. 108.

들을 인도한 별이 바로 그들이 조사한 초신성이었으리라고 보인다. 물리학자는 과학과 신앙을 모두 마음에 품은 사람으로서 깊은 회의에 시달린다. 신호를 보내기 위해 꼭 하나의 항성계를 부술 필요가 있었는지, 그런 희생을 요구하는 신을 어떻게 받아들여야 하는지.

기독교를 바탕으로 아이작 아시모프 역시 「최후의 질문」(1956)이라는 단편을 썼다. 작중 인류는 일종의 슈퍼컴퓨터인 '멀티백'을 개발한다. 인류는 수십, 수백 세기에 걸쳐 멀티백에게 엔트로피를 역전시킬 방법을 질문한다. 멀티백의 대답은 한결같다. '자료 부족으로 대답 불가'. 하지만 시공간이 무의미해질 정도로 영겁의 세월이 지나며 멀티백은 모든 자료를 수집하고 정리하는 데 성공한다. 멀티백은 과거에 받은 요청에 따라 엔트로피 역전 프로그램을 가동한다. 최초의 명령어는 '빛이 있으라'다. 창조물인 멀티백은 창조주가 되어 새로운 창세기를 시작한다. 이 소설은 신-인간-기계의 위계를 뒤집는다.

마찬가지로 테드 창의 「옴팔로스」(2019)도 신과 인간의 관계에서 베일을 벗기는 것을 주요 주제로 삼는다. 작중 세계는 현실의 지구와 흡사하지만 창조론이 과학적으로 뒷받침된다는 점이 다르다. 최초로 창조되어 배꼽이 없는 인류의 유해가 발견된다. 아무리 오래된 나무라도 나이테를 살펴보면 천지창조 이전은 나타내지 못한다. 우주에는 에테르가 가득하다. 빛 또는 공기의 신에서 이름을 딴 에테르는, 현실에서는 과학적으로 존재가 부정되었지만 작중에는 엄연히 존재한다. 그야말로 신성한 흔적이다. 그런데 에테르 바람의 속도를 측정한 「태양과 에테르의 상대적 운동에 관하여」라는 논문이 화자인 '도로시아'의 믿음을 타격한다. 논문의 저자는 당돌하게도 에테르가 아니라 태양계가 움직인다고 주장한다. 그는 어느 특별한 행성을 기준점으로 삼아 우주가 움직인다고 볼 근거를 찾았다. 그렇다면 그곳이야말로 우주의 중심이자 신이 특별히 창조한 별이 아닐까? 신이 인간을 지켜본다는 그들의 신앙은 전제부터 틀렸다. 인간은 신이 돌보지 않던 여분의 행성에서 우연히 발전한 종족일지 모른다. 종교와 상부상조하던 과학은 그동안 신앙을 지지하던 확고하고 명징한 어조로 신의 사랑을 부정한다. 도로시아는 새로운 결론을 받아들인다. "지금까지 우리는 그런 것들을 우리 삶의 가치를 결정짓는 증거로 여겨왔다. 그러나 반드시 그래야 할 필요는 없었던 것이다."[8] 그들은 태양빛이 아니라 자기 내부의 빛으로 눈을 돌려야 한다. 도로시아는 기도의 내용을 바꾼다. "당신이 저라는 존재에 대해 사실상 아무런 의도도 가지고 있지 않다면, 제가 느낀 성취감은 순전히 저의 내부에서 발생했다는 얘기가 됩니다. 그 사실은 제게 인간이 자기 스스로 삶의 의미를 만들어낼 수 있다는 것을 보여줍니다."[9]

8 테드 창, 『숨』, 김상훈 옮김, 엘리, 2019, p. 392.

9 같은 책, p. 392.

앞서 언급한 '다이슨 스피어'는 기술의 정점을 보여준다. 다이슨 스피어를 처음으로 묘사한 올라프 스태플든의 『스타메이커』(1930)는 망원경으로 겨우 다른 은하의 존재가 밝혀졌을 시절에 이미 상상력을 토대로 광대한 우주의 모습을 그렸다. 주인공은 일종의 정신체로 변해 시공간의 제약을 뛰어넘어 우주 곳곳을 지켜본다. 수많은 문명이 나타났다가 스러진다. 그중 어떤 문명은 자신들의 태양을 동력원으로 삼는다. 구(스피어) 형태로 태양을 완전히 둘러싸 항성의 모든 에너지를 흡수하는 방법이다. 혹은 태양이 되기 전의 별을 해체해 에너지를 강탈하기도 한다. 다만 『스타메이커』는 인간중심주의를 깨뜨리면서도 적어도 신비로운 깨달음은 긍정한다. 화자에게 빛은 초월자를 통한 돈오의 순간에 나온다. "그 빛은 영원한 정신이 만물을 관통하면서 겪은 체험에서 우러난 섬광이었다."[10]

반면 존 스칼지의 『신 엔진』(2010)은 태양 대신 신을 포획해 우주선의 동력원으로 사용한다. 그들의 우주선은 신을 채찍질하여 가동한다. 나아가 단요의 「어떤 구원도 충분하지 않다」는 지독하게 기술에 익숙해진 세상의 종교적 무심함을 드러낸다. 원시인의 시체가 발견되고, 과거 어떤 이들은 열화상 카메라처럼 온도를 보았으리라는 가설이 제기된다. 그들은 마법사나 구세주, 마녀나 흡혈귀 취급을 받았을 것이

10 올라프 스태플든, 『스타메이커』, 유윤한 옮김, 오멜라스, 2008, p. 204.

다. 그러나 화자에게 가설을 늘어놓는 친구는 원시인에 대한 가설이 매력적이지 않다는 점도 함께 지적한다. "이런 이야기를 믿고 싶어 하는 사람은 아무도 없어"(p. 38). 정말로 "모든 종교는 매혹과 도취로부터, 강렬한 이미지로부터, 설득으로부터 출발했다"(p. 39)면, 구세주든 흡혈귀든 살아 돌아오더라도 종교를 형성하지는 못할 것이다. "기적은 이 시대에 너무나도 흔하고, 우리는 너무 많은 빛을 알고 있으며, 열화상 카메라조차 특별하지 않다. 따라서 어떤 구원도 충분하지 않다." 화자는 그런 사실에 "새삼스러운 지겨움"(p. 41)을 느낀다.

과학에 설득되고 기술에 도취되는 시대의 이야기인 SF에서, 빛은 엄숙한 후광을 잃을수록 흥미롭다. 듀나의 연작소설 『아직은 신이 아니야』(창비, 2013)의 마지막 에피소드 「성인식」은 지구를 완전히 졸업한 미래의 인류를 묘사한다. 지구상에 일종의 초능력 에너지가 들끓게 되자 임계점에 달한 지구는 끝내 폭발한다. 폭발의 이미지는 빛의 속도로 전파된다. 초속 30만 킬로미터의 속도는 지구에서는 무한히 빠르게 느껴질지 몰라도 광활한 우주에서는 1년 동안 1광년밖에 나아가지 못하는(이는 빛의 속도에 기반한 단위이므로 당연한 말이지만) 유한한 속도다. 우주 곳곳에 흩어진 미래의 종족들은 거주하는 행성의 위치에 따라 각기 다른 시기에 지구의 마지막을 감상한다. 그날은 축제일이다. 단 한 번만 누릴 수 있는, 종으로서의 성인식이 치러지는 날이다. 여기에 초월자의 신비로운 그림자는 없다. 두려움, 불안, 경계심도 없다. 오로지 신이 없는 현실을 직면하는 이들의 즐거운 깨달음이 자리한다.

3. 색채 스펙트럼

빛이 신성한 베일을 벗으면서, 백색광이 완전한 단일체가 아니라는 사실도 과학적으로 드러났다. 뉴턴이 빛은 입자이며 백색광은 프리즘을 지나면 무지개 색으로 갈라진다고 주장했을 때 낭만을 간직하고 싶은 사람들은 그를 비난했다. 괴테는 1,500페이지에 달하는 『색채론』(1810)을 쓰면서 뉴턴이 틀렸다고 주장했다. 모든 색채는 고유한 것이며, 인간은 눈이 아니라 영혼으로 보아야 현상을 더욱 면밀히 관찰할 수 있다는 말이었다.

그러나 낭만적이지 못하게도 인간은 망막에 있는 원뿔세포의 반응으로 색을 감지한다. 색은 빛과 물체와 눈의 상호작용 속에만 존재한다. 파랑, 초록, 빨강의 파장에 최적화된 세 종류의 원뿔세포는 인간이 감각하는 색채의 스펙트럼을 결정한다. 원뿔세포가 충분히 분화되지 않은 사람은 색약이나 색맹으로 분류된다. 반면 원뿔세포가 네 종류로 분화된 사람은 색채의 스펙트럼을 훨씬 예민하게 감지한다. 그런데 개개인의 원뿔세포가 동일하게 발달하지는 않으므로, 설령

보편적인 세 종류의 원뿔세포를 갖추었더라도 실제로 색깔을 보는 방식은 제멋대로일 수 있다. 시각적으로 공통의 인식이 가능하다는 생각은 아슬아슬한 환상이다. 우리는 시각적으로 각자 개별적인 주관적 현실을 인식한다.

장강명의 「당신이 보고 싶어 하는 세상」(『당신이 보고 싶어 하는 세상』, 문학동네, 2023)은 개인들이 보는 주관적 현실을 더욱 '리얼'하게 묘사한다. 증강 현실 기술인 '옵터'는 사용자의 감각을 통제한다. 옵터를 이용하면 자신을 둘러싼 세상을 원하는 방식으로 감각할 수 있다. 혹은 자신의 모습을 원하는 대로 내보일 수 있다. 유료 필터를 충분히 구입하기만 하면 된다. 옵터는 홀로그램처럼 가상의 시각 정보를 덧입힐 뿐만 아니라 청각이나 후각까지 제어한다. 사람들은 보고 싶은 이미지, 듣고 싶은 소리를 받아들이며 한결 쾌적한 생활을 누린다. 혹은 아집과 편견이 가득한 혼자만의 세상에 갇힌다. 이들이 만족스러운 합의점을 찾은 것인지, 서로 이해하기가 요원한 고립 상태에 빠졌는지는 불분명하다.

반대로 김초엽의 「스펙트럼」(『우리가 빛의 속도로 갈 수 없다면』, 허블, 2019)은 서로 이해가 불가능한 외계종이 교류하는 모습을 그린다. 소설은 인간종이 보지 못하는 빛, 감지하지 못하는 색채로 눈을 돌린다. 화자의 할머니 '희진'은 과거에 어느 외계 행성에 표류한 적이 있다. 희진은 그곳에서 '루이'의 보살핌을 받는다. 루이는 매일같이 그림을 그린다. 과학자로서 감각의 세계와 멀리 떨어져 살던 희진은 처음엔 눈치채지 못하지만, 루이의 종족이 색채를 언어로 사용한다는 사실을 알게 된다. 인간의 눈과 뇌를 지닌 그녀는 절대로 그들과 같은 방식으로 색을 읽지 못한다. 노을의 빛은 서로에게 다른 의미를 지닌다. 그래도 희진은 "루이가 보는 세계를 약간이나마 상상할 수 있었고, 기쁨을"(p. 88) 느낀다. 언어에 도달하지 못한 상태로도 희미한 교감이 가능하다는 사실을 느끼기 때문이다. 마음이 일치한다는 생각은 환상에 불과하더라도, 오해와 오역을 거듭하더라도, 희진은 자신과 루이가 공유할 만한 감각의 영역이 있으리라고 믿는다. 이는 몸을 바꿔보기 전에는 증명할 수 없는 믿음이다. 그러나 희진의 믿음은 신앙과는 또 다른 방식으로 낭만을 불러일으키며, 공통 영역을 찾으려는 모험을 힘껏 뒷받침한다.

그렇다면 빛에 대한 우리의 인식은 SF 안에서 탈신비화와 낭만화의 변증법을 거듭하는 중이라고 말해도 될까. 쥘 베른의 『녹색 광선』(1882)은 등장인물들이 녹색 광선을 보려고 초조하게 헤매는 여정을 그린다(SF는 아니다). 과학 지식에 따르면 해가 수평선을 넘어갈 때 파장에 따라 굴절률이 다르기 때문에 빛이 무지개 색으로 분광되므로, 간혹 녹색 빛이 잠시 수평선 위에 남는 현상이 나타난다. 또한 전설에 따르면 녹색 광선을 본 사람은 헛된 기대에 속지 않으며 다른 사람의 마음을 정확하게 읽게 된다고 한다. 녹색 광선에 관한 기사를 읽은 '헬레나'는 자신을 결혼시키려는 삼촌들에게 녹색 광선을 보기 전에는 결혼하지 않겠다고 선언한다. 그녀는 자신의 고향을 좋아하기 때문에 전설을 믿는다. 반면 삼촌들에게 약혼자로 점 찍힌 '아리스토불러스'는 과학 지식을 늘어놓으며 거들먹거리지만 자신의 이론에 취해 현상을 제대로 관찰하지 못하는 사람이다. 그는 무례하고 오만하며 심지어 낭만도 없다. 이와 달리 헬레나의 인생에 갑자기 나타난 '싱클레어'는 녹색 광선을 향한 낭만을 공유한다.

녹색 광선이 아무리 희소하다 해도 한낱 기상 현상에 신비한 힘이 있을 리는 없다. 그런데도 헬레나와 싱클레어의 교감은 전설과 합치하는 것처럼 보인다. 그들은 진심을, 적어도 그 순간에는 진심이라고 확신할 만한 감정을 읽는다. 당연히 붉어야만 할 저녁놀 속에 한순간 떠오르는 녹색은 특별한 의미로 다가온다. 빛으로 물든 두 얼굴에는 과학적 진실로는 완전히 설명하지 못하는 진심이 엿보인다.